Poesia Reunida

1956-2006

LÉLIA COELHO FROTA

Poesia Reunida

1956-2006

Lélia Coelho Frota

Rio de Janeiro, 2012

Bem-Te-Vi

Sumário

Nota Editorial

É com grande prazer e emoção e saudade que a Bem-Te-Vi está publicando a reunião do trabalho poético de Lélia Coelho Frota, uma das fundadoras desta editora junto com as grandes amigas Vivi Nabuco e sua filha, Lúcia Almeida Braga Rebelo, e onde ela trabalhou até seu desaparecimento prematuro, como o são sempre os das pessoas realmente importantes, que nos deixam coisa muito além da lembrança cordial, simpática a agradável, como é o caso.

Lélia começa a publicar poesia em 1956, donde a data em subtítulo deste livro, o cinquentenário de edição dela, e segue por este caminho durante bastante tempo, até enveredar pela crítica de arte popular brasileira com a publicação de *Mitopoética de 9 artistas brasileiros* em 1978 e um alentado e completíssimo levantamento e estudo da obra de Manuel da Costa Ataíde, o Mestre Ataíde, em 1983.

Em seguida foi diretora do que na época chamava-se Instituto Nacional do Folclore durante anos e continuou a publicar sua poesia juntamente com seus textos sobre arte popular brasileira, o que, se fez diminuir em volume sua produção poética, não diminuiu jamais a qualidade do seu verso, coisa facilmente constatável por quem acompanhar o registro da trajetória poética desta extraordinária intelectual e artista que está contida neste livro.

Os seus amigos sempre insistiam que ela reunisse seus versos num volume para que tivessem todos acesso a tão linda produção e assim ela passasse a ocupar o lugar que merece nas letras brasileiras, mas ela, por uma razão ou outra, sempre adiava esta decisão.

Até a data do cinquentenário de sua primeira publicação, em 2006, quando ela própria reuniu os poemas, os livros já publicados e estabeleceu o que está neste livro como o códex da sua obra poética, como era próprio dela, a organização do pensamento e da criação, antes de tudo para uma apreciação mais perfeita.

E é sempre esta a característica de Lélia Coelho Frota, a seriedade com que vivia sua vida intelectual e artística, pessoa que não deixava nada se tresmalhar em fundos de gaveta, para que nada fosse encontrado depois de sua morte e por essa única razão tratada como relíquia. Não, ela preferiu sempre ter o controle da sua imortalidade, a expressa na sua criação, através do maior ato possível de generosidade, quando o verdadeiro artista lega a seus contemporâneos e ao futuro a sua arte, o que foi produzido pelo seu coração e pela sua razão clara e objetiva.

Acrescenta na fase final de sua vida a riquíssima experiência de editora, tendo publicado junto com as duas companheiras na Bem-Te-Vi alguns importantes trabalhos literários, políticos, históricos e... poéticos, mantendo sempre este leque aberto de seu interesse na arte brasileira em geral, ampliando assim o legado precioso da poetisa e crítica e editora Lélia Coelho Frota, legado que será sempre um exemplo de correção, originalidade, inteligência e qualidade intelectual como poucos terão tido no Brasil.

Prefácio Geral

Escrever este texto me trouxe uma ansiedade totalmente inédita. Leitora contumaz de poesia, me acontece com frequência escrever, com facilidade e prazer, introduções e prefácios para livros de poesia. Portanto, não foram o tema nem a situação que me trouxeram ansiedade. Nem qualquer possível dificuldade com o texto de Lélia, uma poesia que, de fato, há muito me encanta. A ciência deste encantamento, por parte da autora, provavelmente me valeu esse convite, aceito de imediato. O que seria então que me trazia essa forte dificuldade, esse quase-impedimento de escrever sobre a poesia de Lélia Coelho Frota?

Recorrendo a uma autocrítica (antigo vício de minha geração), percebo que meu prazer intenso como leitora de textos poéticos tem algo de estratégico. Não completamente, é verdade, porque em princípio a leitura da poesia, ou mesmo a contemplação de uma poesia, me provoca um prazer bem além do que expresso nos meus textos críticos. Mas, de qualquer forma, a poesia para mim não deixa de ser um tipo de I-Ching, um instrumento especialmente afiado de sensibilização para a interpretação de uma época ou momento e, principalmente, para a leitura de sinais que apontam para o futuro. As razões dessa variável, não cabe discutir aqui. O que estou procurando agora são os motivos prováveis de minha dificuldade crítica diante dos textos de Lélia.

Vou aos poucos. Como sinalização de novas tendências ou contextos, a poesia de Lélia é uma decepção. Lélia aparentemente não acompanha nem quer ser acompanhada por escolas, bandeiras estéticas ou respostas mais ou menos explícitas a momentos socialmente conturbados. Sua poesia responde sim a contextos e influências, mas de forma totalmente pessoal e intransferível. Assim, diante da poética de Lélia, me vi órfã de minha metodologia de análise habitual.

Mas, pouco a pouco, sinto que estou me situando melhor na obra de Lélia, que me atraiu, na realidade, pela via de meu fascínio pela poesia e seus recursos infinitos, desde minha primeira leitura de *Poesia lembrada* há 35 anos.

Não dá para escapar deste fascínio diante de qualquer um dos poemas de Lélia. E isso porque sua poesia é visceralmente (escandalosamente) literária. Lélia tem o gosto pela tradição literária, tem a erudição expandida dos leitores compulsivos e o destemor suficiente para se colocar, na textura densa desse panorama, com uma inesperada taxa de ironia e humor. É uma virtuose e, provavelmente, foi esse dado que me levou a relê-la tantas vezes, pelo simples prazer de apreciar sua desenvoltura técnica e seu talento voluptuosamente irônico. Mas o que realmente me fez sua fã incondicional foi a descoberta de que sua poesia é suficientemente desconcertante e interpelativa para impedir que o leitor se contente apenas com a reconhecida *expertise* da poeta.

Lélia maneja um *paideuma* dos mais ricos e diversificados. É a herança de nossos escritores maiores como Drummond, Bandeira, Murilo e Guimarães Rosa, as estruturas dos romanceiros medievais, a plasticidade das artes visuais, a sonoridade e muito especialmente o ritmo das formas musicais, além de mostrar um aproveitamento único talvez na nossa poesia da coloquialidade particular do cancioneiro popular brasileiro, cordéis, redondilhas.

Ainda meio incapaz, sem meus tradicionais instrumentos de análise que, mais uma vez percebo inadequados para enfrentar o texto de Lélia, mas querendo muito cumprir a tarefa que me foi atribuída pela poeta, recorro covardemente aos prefácios e apresentações de seus livros anteriores. Um resumo selecionado e autorizado pela autora de sua fortuna crítica. Alívio. Com exceção do texto de Benedito Nunes, que apresenta Brio e sobre o qual retornarei nas próximas linhas, percebo que seus apresentadores, cada um a seu modo, optaram abertamente por expressar seu encantamento com a poesia de Lélia, deixando em segundo plano a suposta tarefa da crítica de explicar o processo de criação e a lógica da produção de sentido e seus efeitos poéticos. Não fosse assim, Henriqueta Lisboa não diria que a poeta "se deixa levar pelos ritmos rápidos em modinhas ecoantes e adjetivos transbordantes, cantando, quase direi, dançando seus versos". Por sua vez, Cecília Meireles nos oferece, à guisa de apresentação, nada mais nada menos do que um "Rimancim para Lélia Frota"*, todo de versos em "im", demonstrando uma percepção profunda e sensível das estratégias do universo em "im" de nossa autora. Falava de uma visita da amiga que lhe levara um alfenim, onde d. Lélia, "ouro, seda e carmesim", tocava "harpa, flauta e bandolim". É essa uma das *personae* favoritas de Lélia. É precisamente esse elemento, em "ouro, seda e carmesim", a chave do jogo de espelhos que a poeta nos oferece para falar de suas angústias metafísicas trabalhadas em

* Referência a um poema de Cecília Meireles dedicado à Lélia Coelho Frota e publicado na edição original de *Poesia lembrada*, pela Livraria José Olympio Editora, em 1971. Não incluído nesta edição por questões de direitos autorais. N.do e.

tantos e tão variados diapasões, que resultam num eterno despistar da confidência ou mesmo da exegese sisuda. Deve ser neste sentido que Luiz Paulo Horta identifica dois fogos cruzados em sua poesia: a meditação profunda e a leveza mozartiana.

É ainda assim no, digamos, efeito-fascínio, que Otto Lara Resende observa o movimento intenso e muitas vezes perigosamente traiçoeiro de seu processo de invenção. E saca, com precisão mineiríssima, como, dominando ritmo e fôlego, nossa poeta diverte-se, volteia, e, "na ponta dos pés, fala sucessivamente de um personagem ausente-presente".

Ao lado de um privilegiado estro e metro, sinto este como um dos traços mais presentes da poesia de Lélia: o manejo da palavra que promete, mas não revela de todo a poeta. Uma poesia tão bela quanto tinhosa, que mantém as possíveis perguntas do poema sempre em aberto.

Se há um intelectual que rima com Lélia Coelho Frota, esse intelectual chama-se Alexandre Eulálio que, não por acaso, é o prefaciador do solo *Veneza de vista e ouvido*. Alexandre já havia sido o responsável pelo longo poema, *Romance de Dom Beltrão*, publicado em edição limitada no Gráfico Amador do Recife, por Gastão de Holanda, e ilustrado por Adão Pinheiro. Monarquista convicto, Alexandre sugeriu que Lélia escrevesse uma história tendo como personagens os príncipes-crianças filhos de dom Pedro Henrique e dona Maria Pia. O livro conta a história de um príncipe que perde um cavalinho falante e é a perfeita história da sintonia e da amizade de Lélia com Alexandre Eulálio. *Romance de Dom Beltrão* foi a grande ocasião para Lélia pôr em prática, de forma liberada, já que se tratava de "literatura infantil", todas as dicções e prazeres que o cancioneiro medieval havia lhe proporcionado. Obra de ourivesaria, de *expert* para *expert*. Falei disso, para situar um pouco o longo dueto Lélia-Alexandre, que me parece marca, de fato e de direito, apesar de raramente ser arrolado como uma de suas influências, a trajetória de nossa autora. Como Lélia, Alexandre era um erudito e instrumentalizava essa erudição das formas mais variadas e mesmo inesperadas. Alexandre tinha ainda a delícia da escolha dos adjetivos, na prolixidade de sua dicção, na exploração de seus múltiplos sentidos. Era um mestre em tempo integral. E foi assim, nesse diapasão, que ele apresentou o livro de Lélia, resultado do tempo que passou em Veneza, como curadora da Bienal de 1978. Resultado de muito ver, olhar, ouvir. De muitos concertos, Vivaldi, Scarlatti, Tintoretto. Veneza de vista e ouvido. Foi aí que Alexandre pega da pena e de certa forma modula a visualização de Lélia das transparências cromáticas e a movimentação concertante do tempo-espaço veneziano. E fala também da complexidade e da politonalidade do conjunto de obra de Lélia, de "um sardônico lirismo em que a constante vontade de absoluto preciosismo era doridamente glosada". Invejo essa amizade, esse entendimento profundo entre os dois.

A politonalidade apontada por Alexandre é retomada por outro poeta de sua geração, Mário Faustino. Mário chama atenção, em resenha no saudoso SDJB, para um traço persistente em Lélia até hoje: a presença de uma multiplicidade de vozes que aponta para o teatro, para o drama e para a farsa popular. Essa talvez seja uma das características mais flagrantes da primeira Lélia, cuja independência de dicção e estilo, resistente às tendências de momento ou mesmo ao impacto do concretismo, que surgia com força total naquela hora, consegue, sem concessões ou alianças, abrir seu lugar no campo literário e conquistar, desde seu primeiro livro, o reconhecimento de seus pares.

Benedito Nunes esfria a cabeça e faz realmente preciosa exegese da poética de Lélia. Confio nesse texto, que está incluso no presente volume, para suprir tudo o que eu deveria ter feito e não faço nesta apresentação. Mas dele, fico com a sugestão de um subtítulo precioso para este livro de estréia: *Quinze poemas*, um divertimento de grande bravura, em estilo concertante. E Benedito prossegue explicando um pouco mais as razões deste acréscimo. Divertimento pelo que há de "prazenteiro nesses poemas esquivos à expressão direta dos sentimentos" desdobrados em múltiplas vozes e tonalidades, (mas também, digo eu, pela postura desconcertante em relação ao que promete o poema). Bravura, "o segundo dos três termos musicais, na entrada certa dos timbres, rimas e variações tonais" (mas também, digo eu, pela audácia de uma jovem senhorita de 17 anos que desafia os temas e sensibilidades ditos femininos com garbo e circunstância) e, finalmente, concertante pelo "ajuste harmônico entre tons e timbres de um concerto" (mas também, digo eu, pela maestria com que rege as múltiplas *personae* que se sucedem e deslizam no jogo de espelhos de um contínuo encobrir o sujeito poético). Além do poema que abre o livro – convenhamos, uma entrada em cena *au grand complet* – intitulado sintomaticamente de "Balada da cínica senhorita de Malacachita", onde se apresenta nos versos iniciais: "Conheceis vós/garis e menestréis/esta cínica senhorita/que chegou ontem de Malacachita/de visita ao rei que não sei?", o longo poema "concertante", o poema "Polca e arrazoado de uma jovem sentimental" – (dividido em partes de títulos adoráveis como: Da descompaixão do frívolo paredão; Capítulo pícaro; Crime e compensação dos desalmados desamados; Falso panegírico aos precoces finados; Cançoneta aflita; Palavreado triste; Fragmento e delírio de três bocas ímpias; Período estoico; Sussurro dos longínquos querubins complacentes; e outros) –, dá o tom e diz a que veio nossa jovem poeta. Ainda nesta linha, digno de leitura e nota é seu "Pequeno arrazoado de ciladas e malogros". Imperdível.

Ainda sobre sua estreia poética, permito-me uma pequena indiscrição. Contou-me um dia minha amiga Lélia que, terminando esse que seria seu primeiro livro e, tendo ganho de seu padrinho, Paulo Frota, *Poesia até agora*, encantada, enche-se de coragem, pede vênia e vai ao Ministério da Educação, oitavo andar, em busca do poeta de Itabira. Lá, entrega seus poemas para o poeta, que faz algumas sugestões e a incentiva a publicar o livro. Daí nasce uma grande amizade que, segundo a poeta, a influenciou definitivamente. *Quinze poemas*, este primeiro livro, é dedicado a Carlos Drummond.

Entretanto, nossa senhorita de Malacachita não se contentou com isso. Tendo visto e se apaixonado por uma exposição de Milton Dacosta na Petite Galerie, em 1955, não hesita. Pede que Milton ilustre seu *Quinze poemas*. "Foi tudo assim, meio *easy rider*", conta Lélia. Nesta ocasião, nasce também sua grande amizade com Maria Leontina. Foi ainda assim mesmo que, pouco depois, no período em que escrevia seu segundo livro, *Alados idílios*, vai à luta e tem seu segundo grande encontro literário: Guimarães Rosa, que acabara de lançar o *Grande sertão* e com quem passa a ter uma convivência frequente. Este teria sido seu "maestro soberano" (*sic*).

Lélia é um caso bastante particular e interessante em relação ao que chamamos, na área literária, de "influências". Lélia é, digamos, uma pessoa de muitos encontros *lato sensu*, de grandes afinidades eletivas. Uma pessoa de encontros redondos, plenos, com amigos, com livros, com cidades, com sons, com formas. Em sua poesia, o encontro é visivelmente mais produtivo do que a influência de obra para obra, ou até do diálogo entre estilos, formas, técnicas. Explico melhor. Nada em sua obra nos leva a identificar a presença forte da poética de Drummond ou da relação de Guimarães com as palavras. Nem mesmo a coloquialidade poética de Bandeira, marca de alguns timbres de Lélia, poderia ser reconhecida com facilidade. Entretanto, cada um desses encontros deixou claras marcas na trajetória de sua poesia. É a engenharia das palavras, é o valor concreto do vocábulo, o controle de linguagem de Drummond. É a função da palavra rara, o gosto da palavra pesquisada, autorizado por Guimarães e seus caderninhos. É algum traço lá e cá surrealista e surpreendente de Murilo, a quem homenageia com um de seus mais importantes poemas, "Ascensão de Murilo Mendes". É Bandeira com sua dicção coloquial intencionalmente desconstrutora.

Mas é sobretudo a relação destes autores com sua prática, é o processo deste fazer e não seu produto que permeiam profundamente a poética de nossa autora. E isso pode ser visto com clareza em sua trajetória. No passo do primeiro livro para *Alados idílios*, já com uma consciência construtiva bem mais definida, em seguida na depuração formal de *Caprichoso desacerto* e o belo retorno de todos os seus timbres, divertimentos e bravuras em "estilo concertante" a partir de *Menino deitado em Alfa*.

Fechando o assunto influências, que prefiro chamar de "encontros", cito partes do poema "Relação de Mário de Andrade": "Amigo, postumamente/procuro Mário de Andrade./O novo Mário que nunca/existiu, como figura/que me legasse a memória/de imagens, situações./O novo Mário que nunca/existiu ligado à minha/referência e então seria/capítulo acrescentado/ao que riu, leu, conversou".

Ainda na linha dos encontros, mestre Dacosta e a amiga Leontina inocularam em Lélia um processo particular de ver a arte, e mesmo de ver a palavra. O poema "Diálogo" é, nesta pista, exemplar. Explicitamente a paráfrase de uma figura de Milton Dacosta, o poema vê, com tal obstinação hermenêutica, a tela de Dacosta que se sente livre para o desafio de "rodopiar pelas esquivanças de seu tenso enigma" e, não sei bem se em diálogo – como quer o título do poema, – ou em dueto, assume a dicção mais irônica (ou mesmo cômica) do estro de nossa poeta: " – A jovem lacônica/ na postura cômica./ – Nós diríamos trágica./ – Mas qual foi essa mágica/ de praticar a fuga/na síntese da face/ao rigor que sugere/a máscara, e sua gama/de mais vária expressão?" Mais sintonizado com a visualidade, mas ainda diálogo, é o belo poema "Bandeira de palavras ao ver passar os estandartes de Maria Leontina": "Eis um azul que tem/o coração/denso e oferto a outro azul mais denso:/(os vermelhos gotejam o que penso)".

A propósito, lembro aqui da leitura de dois poemas, um de *Menino deitado em Alfa*, outro de *Brio*. São eles "Onze poemas portugueses" e "Quatorze andantes do Aterro". A leitura desses poemas surpreende porque são impressões a partir de andanças, paisagens, sons. Exercícios de ver e caminhar. Na sua maioria curtos, sem grandes volteios, a poeta parece descansar o olhar ou, melhor, agudizar o olhar. Se em "Onze poemas portugueses" ainda temos alguma narrativa, variável cara à nossa poeta, nos "Quatorze andantes do Aterro" seu timbre de ritmo mais lento, andante quase adágio, torna-se límpido, oferece, mais uma vez, poemas para serem vistos e ouvidos. "Entre a nuvem de vapor/écharpe-esponja estendida do Cara de Cão à ilha/e a opalina suja dos plásticos/eu passo". "Vão voando as rodas de relógio das bicicletas./Os penhascos tomam conta da baía antiga."

O que mais assusta (*sic*) no conjunto da obra de Lélia Coelho Frota, que a leitura deste volume agora nos permite, é a quantidade e diversidade de construções, falas, procedimentos, tonalidades, ritmos e universos semânticos, que a poeta habita e dispõe com displicente naturalidade. Hoje, os novos poetas de certa forma replicam esse procedimento, mas seguramente em outra direção. Os novos poetas, cujo referencial hoje abandona o cotidiano e se quer cultural, não hesitam em utilizar formas parnasianas, como sonetos, associadas à experimentação concretista ou à iconoclastia modernista, ao patos simbolista, sobrepassando escolas, tendências, estilos e sua óbvia historicidade. Mas não é este o caso de Lélia. Se assim fosse, o humor não teria a relevância estruturante que adquire em sua obra. Sinto nessa leitura apenas o fascínio de uma Lélia leitora, fascínio este temperado pelo juízo sagaz de uma intelectual e poeta mulher. Algumas tentativas de definição, ainda que, como sempre, semienganosas, aparecem cá e lá. Diz ela: "Poema – recusa e joia –/ imposto pago a contragosto/do melhor precário da colheita".

Isso também, ou melhor, uma estratégia similar, pode ser observada em seus poemas de amor. Nas décadas de 50 e 60, quando sua poesia se consolida, temos duas tomadas de posição diante da produção da subjetividade feminina. Ou o investimento na “sensibilidade feminina”, voltada para a intimidade, para o segredo, para os sentimentos, ou o reflexo dos primeiros momentos do que se chamou de feminismo histórico. Aquele que floresce na rasteira mais agressiva das lutas raciais do momento particular das guerras de descolonização do período. Neste segundo caso, se afirma uma poesia de dicção reivindicatória, que procura eliminar, sobretudo, a lógica da diferença, capital maior da poesia feminina tradicional. Há ainda casos, nos quais a chave da loucura é usada, de forma muitas vezes interessantíssima, para expandir os limites do pudor, dos territórios demarcados, do espaço privado, da maternal idade. Seria inútil qualquer procura de classificar nossa poeta nesses caminhos. Entretanto, eu também não diria que Lélia não investe pesadamente em sua posicionalidade de gênero. Diria mesmo que esta é uma poesia feminista à sua moda. Em momento algum, Lélia abandona a bravura e o distanciamento crítico e demolidor anunciado em seu primeiríssimo poema, a “Balada da cínica senhorita de Malacachita”. Aquela que “afaga lontras/e se agita aflita/em seu quarto de quartzo”, aquela “sem signo e sem índole/sem estrela aparente/sem cidra no armário/sem água na pia” que “ao querer o istmo da paixão que sabe ser/paixão perdida/vai partir a rosa que ora donairosa/exibe no peito –/(no peito de renda)/no peito de renda mofino e contrito”.

Um levantamento, mesmo precário, no conjunto de sua obra vai encontrar praticamente todos os ícones e fetiches do chamado universo feminino de então. E é exatamente através deles que Lélia, na ponta dos pés e na destreza do verso, interroga e/ou desfaz esse universo. O trato do amor, nesta perspectiva, é exemplar. A espera ansiosa da chegada de heróis é muitas vezes evocada e cercada de sonhos. Mas a expectativa do amor é invariavelmente acompanhada de uma predestinação ao fracasso ou, pelo menos, traz consigo a possibilidade de sua ruína. E isso pode ser visto modulado em vários tons. No amor romântico, trovadoresco, das cantigas d'amor, em modinhas leves e dançantes no tom falsamente brejeiro de "Moda convencida": "Eu te juro amor perfeito/luares e capelinhas/mas quando menos suspeito/em paragens escarninhas/me vejo posta. Por isso/pelo sim e pelo não/é que te ponho de aviso/da minha contradição:/não porque eu não te queira/mas por me teres paixão". Ou na glosa de "A um varão": "Como o tempo era de flores/solícitas e fagueiras/coração desavisado)/eu subi numa roseira.//E balouçava na brisa/agreste, o som de um chamado/precavido(me esqueci)/para ver o meu amado.//Supondo ter o impossível/– um baque e me convenci./Roseiras? Impraticáveis/e o amado, imponderável:/não vi não vi e desci." Em "Talvez Penélope", a poeta abre a chave de seu jogo de reflexos com o destino amoroso. Pergunta ela, abandonando subitamente a posição daquela que, "numa eterna tapeçaria/a desfazer-se e refazer-se", aguardava o retorno de seu amado: "Ou serei eu a sereia/que se põe entre nós de permeio/e desfaço a tua chegada/quando de longe, na amurada/vês o meu vestido vermelho/que a brancura da praia incendeia?"

Assim como faz com os jogos do amor, nossa mineiríssima poeta nascida em Santa Tereza, com vista para a baía de Guanabara, através do uso insistente do humor estratégico – bem distante do humor-piada modernista – e da metáfora oblíqua, deslizante, consegue manter intacto seu compromisso expresso nos versos: "poema – recato em público".

Por outro lado, e com a mesma rapidez, sua poesia avança do amor à morte, no sentido do aprofundamento de buscas e questões metafísicas. O tempo e a morte, elementos presentes de forma discreta desde seus primeiros poemas, vão se adensando progressivamente a partir de *Um cordeiro, uma pomba e uma fonte.* Sua poesia, ainda que mantendo as ciladas da leveza e da ironia estruturais de sua poética, ganha em textura e gravidade e depura de maneira significativa seu trabalho com a palavra.

Trastempo. Caminho longo, lapidado. Experiências, camadas, pentimentos. Lembra, na epígrafe de Guimarães Rosa, seu maestro soberano: "Ainda hoje eu conheço tormentos por saber isso; trastempo que agora, quando as idades me sossegam". É o que senti ao final da leitura das obras reunidas de Lélia Coelho Frota.

Este é um texto datado. E, como todo texto datado, merece uma atualização para ser publicado. Mas eu não vou fazer isso. Como amiga, ajudei Lélia a organizar este volume. No meio do trabalho, ela me encomendou o prefácio. Foi um texto escrito em 2006, junto com o processo de edição, num diálogo lindo, de corpo presente, e regado a vinho tinto e comidinhas especiais, acompanhadas sempre de arroz de pequi, que Lélia trazia de sua naturalidade eletiva, Minas Gerais. Esse sabor e o contato com Lélia, seu afeto especialíssimo, seu talento grande, são lembranças muito queridas. Não mexo neste texto não.

Heloísa Buarque de Hollanda, 2012.

Poesia Lembrada [1971]

A poesia de Lélia Coelho Frota é uma graça do céu e um fardo para os corações da terra. Entre dois polos balança, este espírito de Ariel, não liberto de contingências humanas. Ora tocando a irrealidade com seus feixes de azul, ora amargando inquietudes de subsolo. Seu relógio às vezes dispara em "primaveras precípites", outras vezes demora em longa duração como a arrastar correntes atávicas. Entre a moça gentil que passeia trajes vaporosos com uma rosa na mão e a criatura que se inclina, meditativa, sobre o mistério e a precariedade das coisas de em torno, há distância e dissonância. Quando a habita a alegria, ela se deixa levar pelos ritmos rápidos em "modinhas ecoantes" e adjetivos transbordantes, cantando, quase direi, dançando seus versos. Quando o sofrimento a visita ou apenas a dor de viver, de suportar o peso da mesma poesia, como árvore pendente de frutos, ela caminha passo a passo, recolhendo imagens de cascalho e "ouro mordente". De um lado um cordeiro, uma pomba e uma fonte

– reminiscências de "alados idílios" – perfazem o ambiente da vida em paz com a natureza. Do outro lado se impõe ofício mais severo: e ela grava, em "gravura de maneira negra", uma síntese interpretativa e histórica da luta pela expressão, que não apenas do artista mas do ser.

Assim vejo Lélia Coelho Frota. Parece que a reconheço de outros mundos. Onde foi que a encontrei outrora? Ah! Talvez na figura de Matilde: aquela jovem que, à saída do "Purgatório", cantava colhendo flores do campo, à margem do rio; e em seguida pontificava, ao lado de Dante atento, sobre intrincada problemática envolvendo as "ordens do mundo". Mas ninguém a define melhor do que ela própria, no espelho de sua poesia:

"*Eis um azul que tem/ o coração denso/ e oferto a outro azul mais denso:/ (os vermelhos gotejam o que penso)*"

Henriqueta Lisboa

Quinze Poemas

A Carlos Drummond de Andrade

BALADA DA CÍNICA SENHORITA DE MALACACHITA

Conheceis vós,
garis e menestréis
esta cínica senhorita
que chegou ontem de Malacachita
de visita ao rei que não sei?

Aquela que afaga lontras
e se agita aflita
em seu quarto de quartzo
entre saguis esparsos
sobre as crinas lânguidas
de cavalos mancos
que carreiam gôndolas?

Conheceis vós,
garis e menestréis
esta cínica senhorita
que houvera sonhar em Madri
um toureiro para o seu safári
que percorreu o mar entre a ostra
e o javali?

Conheceis, conheceis vós,
sutis garis, amáveis menestréis,
esta cínica senhorita
sem signo e sem índole
sem estrela aparente

sem cidra no armário
sem água na pia
esta cínica senhorita
de mão vazia
(cínica cínica)
a senhorita cínica
que vai, e antes do estio:
ao querer o istmo da paixão que sabe
ser paixão perdida
vai partir a rosa que ora donairosa
exibe no peito –
(no peito de renda)
no peito de renda mofino e contrito
(a cínica,
cínica senhorita).

E ao morrer canários insubstituíveis
e amar amores incorrigíveis
entoa baladas mais do que inefáveis –
conheceis vóis,
tímidos garis, surpresos menestréis
esta cínica senhorita de Malacachita?

E põe vestido de seda
se gosta tanto de chita
apostando lua cheia
em seu quarto nu de grito
(a cínica senhorita).

Garis menestréis
onde os ouropéis
de caco e de estrofe
que os vossos painéis
de sempre nos mostram?

Crus de surpresa
nus contemplais
aquela que agora
mergulha no cais –
cínica senhorita
de Malacachita
que a onda ora agita.

POEMAZINHO COM ECO

Fui chegando de mansinho
          e colhi seu coração
– tomilho e ervilha-de-cheiro.
Você não viu.
(Não viu.)
Botei num copo bonito
(tinha um rachado de lado
que lhe dava um ar ladino)
enchi de água afagada
pelo prisma das manhãs
e você nem viu.
(Nem viu.)
Não quis brisa nem mormaço
Não quis vento – sol esparso.
Não quis a carícia da ponta dos dedos
nem beijo da beira de lábio
(oh afago efêmero).
Seu coração
(você não viu)
foi murchando devagarzinho
(seu coração).
– Tomilho e ervilha-de-cheiro
que colhi sem você sentir.

BREVES IMAGENS DE OFÉLIA

Os dedos de vento, a boca de afago,
o riso de brisa, os olhos de alga
preta se destacam pela ausência
na sugestão da penumbra.

E no declive suave
que surgiu da mão demente
choram agora os cabelos
estriando o barro seco.

Na laguna terna e Bruna
que avulta neste silêncio
destaco a que foi marulho
e hoje bóia calma e nua.

Na boca navega o nome
que a distância torna inútil
e os pés ponderam caminhos
que não conduzem ao poço.

A sombra rumina a face
da que não poupou a rosa
escassa que então pulsara;
e redime a água que sulca,
lúcida, branca, tranquila,
a carne, amena, e o sorriso.

LÍRICA PARA MARTIM

Martim navega o sorriso
para dentro da manhã.
Conduz o afago acenante
que esbarra na carne quente.
Martim, o ingênuo Martim.
Martim. Martim, o amável.
Na maré que envolve o corpo –
onda, sussurro de alga.

NECESSIDADE DE MARTIM

Martim respira na onda,
Martim esfria na brisa.
Martim amarga o café
intacto que espera na xícara.
Martim, o suave Martim,
se abate no doce nome
Tegucigalpa.
Martim se estira no ramo
fácil, que cai do azul.
Martim no cinza da tarde
cristaliza o anoitecer.
Martim se irisa no prisma
que migra no olhar tranquilo.
Martim, o do olho nostálgico,
Martim, o do corpo ingênuo,
Martim no barro e na nuvem
tange a paz forte, e ternura.

POEMA

Neste pátio escuro e breve
que aflora nossa dormência
a lua guarnece o ramo
da cor malva e branda e triste
que ponderei no silêncio.

Surge assim no dia intacto
a promessa de uma estrela
pura e grave que se fixe
na ladeira, pedra estéril.

(A maré calma e compacta
que se espraia no canteiro
impede que as mãos se cruzem
e trava nosso roteiro.)

Constrói o curto mistério
a carne que o raio acende
e pende desse perplexo
espanto que é meu, e leve,
a carícia lenta e densa
que os pés cravam nesta areia.

Se das mãos cresce o maduro
templo de desalento
e lembre a boca a canção
desta noção de silêncio
irriga a lua com o raio
malva e blau de seu lamento
esta pétala de sal.

Se a rosa gira no engaste
do corpo cansado e surdo
o lábio agita a palavra
inútil escassa e muda.
(Nasce dessa desavença
nossa grande diferença.)
Badala o sino de zinco
que contém a nuca ingênua
imergindo na laguna
de arenque e púrpura hirta.

Agora, neste sigilo
de concha, e escama e apoio
purifico o som e o tato
que cortam o verde em naco;
e compenso a chuva e o sol
com este canto de coral.

OUTRO POEMA

Equívoco e alado
o nítido fragmento
hesita no ar
se esvai na onda.

E que resquício de flor
foi esse leve que a brisa
respirou sem pressentir?

Volteia no ar a escada
que sugere esta ligeira
escalada de suspiro.

(Equívoco, volátil,
se esvai na onda.)
Por que deixar o abraço
suspenso no ar
afastar o braço
mergulhar no mar?
(volteia)

Se uma escada se avoluma
sem tropeçar o degrau
e esta voz tateia o escuro
só percebendo o som cavo
do coração dos moscardos
deslizando entre sargaços,
ladeia breve a lembrança
do tempo de timbres claros,

frescos, raros, agridoces.
(porque mergulhar no mar)

A escada sobe no tempo
ou o tempo constrói a escada?
Como pisar no cimento
se ignoro se é pó ou vácuo.

Como me afirmar na veia
que pulsa no pulso azul
terno e nu dos dezessete
pouco eternos, se existentes?
(Oh adorável Tetragammaton.
Quão efêmero.)

Vamos ser tão disponíveis,
brunos, alegres, sadios,
que nem para perceber
o gargalhar das esferas
que bóiam no céu inútil
fútil, inconsútil dúctil.
(Oh como vamos ser disponíveis.)

Ainda que as ruas insistam nas mesmas pedras
para serem corridas
e os amores inúteis nas mesmas searas
para serem colhidos.

E o mesmo gosto em todos os jantares
e o mesmo riso em todos os cantares
(oh que cardápio, irmão, que cardápio)

e a mesma morte em todos os esquifes
e o mesmo esgar comum nos paladares
a mesma flor em todos os paquifes
a mesma lágrima chorando iguais passados.

Adorável, adorável Tetragammaton,
não queremos amar nem desamar
não queremos nos afogar e nem mesmo
aprender a valsar.
Abdicamos possíveis e impossíveis
abdicamos abdicamos abdicamos
de Abdias de abades de abdômens
abdicamos de soldados de chumbo
de poços frescos (e fundos)
de vestidos pretos (e brancos)
de flores quietas nos longes
nunca vistos, de bichos
sempre tão suaves.

Abdicamos nossos olhos boca nariz
artérias todas, veias das mais longas,
da voz mansa dos cabelos tristes
de nosso sestro de nosso estro.

Só não abdicamos da paz que a resposta dos jograis
dita em voz alta e lúcida trará a todos os setembros.

POEMA PARA IRMÃO

A meus pais

E como que te espreitaram
meus cinco primeiros anos.

Nas panelinhas de barro
repletas das iguarias
suaves e inexistentes
que as bonecas impassíveis
recusavam deglutir
eu pressenti que serias
o comensal ideal
para meus pastéis de flor.

Nas tardes nuas de riso
imersas na solidão
esperei por meu irmão:
pelas mãos que seriam
talvez morenas pelos passos
algo escassos pela voz
como ruído de foz
de rios mansos e graves.
Principalmente pelo sorriso
e pelo riso – triste, curto,
terno, precário, noturno.

E os olhos, pássaros pretos
que certo iriam zombar
deste medo
incoercível
que sempre senti no escuro.

Por tudo isso
(e mais também)
porque você
(meu bem)
foi me deixar.

Sinto uma falta abafada
tão doída de seu jeito.
Nesta ausência de ruído
você desliza sorrindo.

Vieram e me disseram
que você ia chegar:
na nuvem
ia vogar,
pela chaminé
ia descer,
pela cegonha
vinha do ar,
sem fuligem
ia cair.
(Da nuvem.)

Três das risadas que usei
se irisaram no jardim.
Fiz do colo um palanquim
para te embalar, meu serafim.
(Ia vogar.)

Meus pés pequenos saltaram
em delírios parabólicos
certo belos, mas julgados
evolução perigosa

para a solidez das pernas
que se haviam destacado
com notável incidência
por seus raros atributos
de pouca estabilidade.
(Vinha do ar.)

Vinha um irmão
de olhos de carvão
(pela chaminé)
povoar de riso
(fiz um palanquim)
minha solidão:

os canários taciturnos
cantaram com força nova
nas gaiolas amarelas.
(Ia chegar meu serafim.)

Mas que silêncio meu bem.
(Porque me deixar aqui.)

E queria ver
sua mão morena
desenhar no barro
nosso mundo à parte
deste sangue estranho
de gentes caladas
(inúteis baladas)
sua mão morena
seu passo tão manso

(na nuvem)
sua voz de foz,
seu curto riso arguto
(pela chaminé.)

Tão, tão perdida que fiquei.
Nem com vestido branco
me consolei.

Depois fingi que esqueci:
não quis pusessem reparo
nesse mal fundo de ausente
que você gravou na gente.

Afinei claros canários
pus fita nas minhas filhas
armei frágeis alcatifas
do mais sensível jasmim
para você desertar
meus ingênuos aparatos
que nem anjo de cantata.

Amável irmão
de que cota de nuvem
o vento te envolve?
Que rota no espaço
teus passos alcançam?
(Teus passos escassos.)
Pousa na minha grade
nuvem de alecrim.

se Nossa Senhora
(Torre de marfim)
não rogar por mim,
pousa na minha grade.

Irmão grave
irmão calmo
irmão guapo
irmão grande
(plácido plácido)
o do passo medido
o que se afastou
de nosso portão
(meu irmão mandarim
arisco serafim
nuvem de alecrim)
pousa em minha grade
pousa em nossa grade.
O que se afastou
de manso, ligeiro,
dos meus cinco anos
– tímidos, vazios,
prenúncio e fastio
dos vãos dezessete.

PERGUNTAS DE PIÁ BRANCA

Primeira Estância

Estaremos amando?
Que flor foi essa,
a que brotou no muro
a que surgiu do escuro,
que flor foi essa.

E estaremos chorando?
Ou é riso bizarro
o que sacode a trança
macia e a nuca
e estremece a finura
deste nosso flanco,
tão branco.
Será riso bizarro.

Coro:

Nós somos tão leves,
singelas, perplexas
e inconsistentes,
muito amáveis, talvez belas
e branda ausência de credo:
ora pro nobis,
Siá.

Rainha dos Apóstolos
Rogai por nós.

Torre de marfim
Rogai por mim
(flor de cem aromas).
Espelho de virtude
reflete a verdade
sugere a resposta
de nosso dilema.
(Acendi uma vela.
Roguei por ela.)

Segunda Estância

Teve o menino
que pediu um beijo
(não dei)
teve o destino
(ó Siá)
que brincou de roda
e afastou das ruas
nosso passo incerto.

E se nos perdemos
pela pradaria
sem que se encontrasse
nosso olhar vazio,
só o almocreve
tímido moleque
de perninha fina
poderá contar
onde se afastou
nosso passo incerto.

Terceira Estância

E estaremos, estaremos amando?

Ou estaremos
        tendo visão colorida,
passeando pela praia
juncada de fúteis ostras,
queimando o corpo moreno
em feitio de triângulo
escaleno,
engrinaldando elefantes
que bailem ágeis na areia
e cantem notáveis árias
daquelas líricas, belas,
sutis óperas singelas
isentas de agudo espasmo
miasma febril, doce soluço
e desvario.
Isentas de bons burgueses
rubicundos, saltitantes,
sacudindo as mãos nutridas
em delírio insopitável,
ecoando suas palmas
por nossos tímpanos falhos
de ecos imorredouros.

Ou estaremos
vendo real pantomima
de mães que choram
e homens
que sucumbem nas restingas

de trilho que os trens alongam,
homens gerados na fome,
nos quintais nus de legumes,
nos sambas, na batucada
dos morros cheios de sol.
(morrem)
Ignorados pela elite
benévola e sorridente
que se compraz com deleite
no cultivo de outras terras;
o saxofone pejado
de timbres estranhos, raros,
emitidos em sessões
especiais,
inebria nossos dignos,
sérios, capazes amigos
dos êxtases mais suaves
embargando a voz e o passo
e sugerindo expressões
de enlevo transcendental.
E vão flébeis desmaiando
ante ruínas caóticas
esquecendo as vãs palmeiras
das nossas praias do Norte.
(estaremos amando, Siá?)

Quarta Estância

Somos tão intransigentes
(não negamos)
tão falhas de caridade,

rejeitamos sempre
alho em arroz, ruído em convescote
palavra séria, colar de dente
de coiote.
Oh como somos intransigentes,
Siá.

Quinta Estância

E seria nosso amor
ou o mero amor dos outros
o que aceitamos na capa
do longo livro que agora
acreditamos fazer?

Estaremos amando, Siá?

E amando,
vivemos?
E vivendo,
sentimos?
E sentindo,
este vácuo
que faz no roteiro
de nossos joelhos?

Prígia, Sofia Augusta,
amáveis antepassadas,
atendei à nossa prece
ainda que perturbemos
vosso repouso celeste:
estaremos amando?

Sexta Estância

Eco:

Meu bisavô, soldado galante,
de espada na cinta,
sineta na mão,
entrou, e com garbo,
na revolução.

Minha bisavó,
tão bonita que era,
morreu de repente
e com vinte e sete.

Minha madrasta me enterrou
pelo figo
da figueira
que o passa-
rinho bicou.

Mariinha era a mucama
de Dona Sinhá.
Como eram bons os biscoitos de araruta.
(Tão bonita
aos vinte e sete).

Ralei o joelho quando
fui subir na laranjeira.
Mercúrio, bem, não dói nada
mas o iodo machucou.
(Ah não me corte, não me corte,
não me corte meus cabelos:
capineiro de meu pai
não me corte meus cabelos.)

(Entrou na revolução)

Meu primo guia automóvel
se esquece de nossa lenda
toma chope, vai à caça
das donzelas da cidade.

(pelo figo da figueira)

Minha prima foi ser freira
minha avó muito chorou
eu fui fagueira na festa
e o casamento gorou.

(minha madrasta me enterrou)

Última Estância

Estaremos amando, Siá?

ou será que a carne inútil
já se confundiu na terra
e esta vida que pensamos
com ar taful ir levando
não seja mais que o reflexo
na mandíbula do inseto
nos deglutindo no escuro:
estaremos amando, Siá?

(Xô passarinho.)

FOLGUEDO

Não discuta
que o azeite
é sempre muito mais denso
do que méis e outros petiscos
feitos para inebriar.

Cachaças e "calvados"
deslizam na nossa frente.
Mas nós, ladinos, optamos
pelo azeite salutar.

Traíras, salmões, sardinhas,
tentam nosso paladar.
Não vamos nessas falinhas
que queremos é escutar
nossos sapos coaxar.

Frevos, baiões e macumbas
chamam o pé com a zabumba.
Mas nosso saber esperto
prefere ver Felisberto
que de joelho na mão
expõe seu amor a Berta
que se espalha nas bertalhas
e extasia os jilós.

Terminando este delírio
de sabor terno e fatídico
eu devo recomendar-vos

que no inverno o rio é frio
e o azeite é sempre mais denso
não importando o argumento
mais sensato, ou o escarmento
dos que vos suspeitam lentos
no abocar destas matérias
já por si tão deletérias
e inebriam nossas sestas
do mais sutil devaneio
sobre cifra e densidade
câncer, Rogério e saudade
do tempo em que os rocamboles
eram muito mais que moles
e os nossos ternos chuchus
uns verdadeiros cajus.
Zuzu, belzebu, tutu.

SEGUNDO FOLGUEDO

frase superflua

A Helena, vil violeta
que chora e geme
frustrada
por não ter seu nome o garbo
de uma Dona Violante
castelã gulosa e gaia
de tempo medieval.

Helena, provável ostra
em passada encarnação,
conserva, é certo, a alvura
que preservou sua concha,
embora consideremos
rematada ingratidão
querer ela ser tisnada
como nós, que nos sabemos
uns kalapalos inatos,
muito guapos e cordatos.
(Dispensamos aparatos.)

frase amável porém leviana

Desprezando com razão
certos livros de abstração,
preferindo a tais pinoias
seu puro sangue alazão
que cavalga, exímia em saltos,
produzindo sobressaltos
secretos nos corações
aflitos dos que ficaram cativos
de tal soma de atrativos.

Cercada, pois de dardejos,
galopa feliz, airosa,
ébria das sutilidades
que aufere de seus trotinhos.

Helena, maligna, fere
os corações dos alferes
que abatidos oferecem
seus corações decepados
em figuras geométricas, patéticas,
estéticas
de sua predileção.

frase austera

Helena, que Dália floresça
com o viço mais brasileiro
e próprio de seu canteiro.
E Antônio Pedro sorria e bata
sutis papinhos prazenteiros
para deleite da contista
que declaramos insigne
em nossa frágoa severa.

Helena, vil seriema,
Helena, provável ostra,
aceite a homenagem vã,
modesta, tímida desta
jovem alga tão loquaz,
amiga, fútil, bisonha.

POEMA PRECOCE

Venerável amado
mas que sorriso escasso
você traz soprado
em tanto olhar cansado
e gesto desolado.

Veja quanto bem
você houve por bem
com amar dispensar
a esta jovem nereida
que cultiva Eneida
(e obras de mais deleite)
e se compraz com algum
culto oculto do mar
amargo, do sal amargo
e de poentes areias e arenques
brisas e cavalos-marinhos, todos
a seu tempo e mui devidamente
amargos e sobre os últimos,
embora dulcícolos, ainda uma vez
amargos.

Período Grato

Ereto, sóbrio, conspícuo,
inaugura seu perfil
(o perfil mais inefável
de quanto nariz afável)
a minha existência leve

de sombra de vida – imagem
que a aragem molda de noite
e recorta de manhã
contra as fibras inexatas
de paredes e penumbras.

Aparte das Três Rosas Jocosas

Amado, amadíssimo Amadeu
– admirável amante sem rompante –
queremos dois carneiros pretos,
duas flores pretas e uma menina
bem branca (mas boba como eu)
que imolar em fartas piras
dedilhando nossas liras e isso
depois de havermos tirado seus
corações para nossas poções e seus
molares para nossos colares.

Epitáfio Tristinho

Jaz aqui a menina,
pronta, morta, cordata;
traz um sorriso de canto
de lábio que não logramos tirar.

A leve cinza que esboça
no chão de tulipa e irídio
tal sorriso galhofeiro
foge e se esquiva na dança
cíclica de morrer e amar.

Aqui jaz a menina
sem molar, sem coração
já não suscita nas almas
a mais fina contração.

Façam suas reverências ao prodígio
da estação mais triste que o ano gerou.

Aparte Exultante de um Jovem Flamante

(expirando)

Parte desse divino
pó bem fino sorvi
num gesto de mestre
tão presto quanto ladino
e agora como uma toga
voga ele no pulmão frágil,
tísico, asmático, inábil;

e me sinto mais rico
deste novo atributo,
quase ser aéreo,
parte que sou de outro,
intersidéreo.

(e era até magra a menina)
(Quieta)
em seu cais de silêncio
ela imerge em surdina
sob a forma de ágil
cinza
que a fogueira moldou.

Um pouco desse suave
pó se detém no paletó
de algum homem esperto
e de olhar pouco terno:
depois cai de mansinho.

(Venerável amado
não ria de lado.)

Petição sem Compaixão

Nesta hora magra de tules
delícias e petisquinhos
prevejo pois minha sorte
no aço ingrato dos sapatos
e de certos olhos baços.

Não recorde minha morte –
foi mero corte no espaço
pelo qual fugi.
Lembre meu riso e meu gato
certo jeito apressado de pedir abraço.

Ameno Coro dos Fantasmas Perspicazes

Aqui jaz a menina,
pouco falaz, é certo,
mas com um resquício inexato
de rasa sagacidade
que a luz da vela ampliou.
Sem flor no cabelo

sem mágoa no peito
livre até do desejo
de se buscar desejos
a melíflua finada
despojada de tudo
que uma vez foi ruído
no limite do nada
esquece o que resta desta
lépida festa que seu passo traçou,
e é frágil imagem de riso e tristura,
certa vaga lembrança que já vai se apagando
nas faces fagueiras
daqueles que outrora
sonharam que a amaram.

QUADRAS LEVES PARA MIRLIFLORES

Ora,
voou a flora
de riso
que seu olho deixou.

Nada
sobrenada no golfo
azul que outrora
seu braço cortou.

Vira
e suspira
pergunto a Elvira
(ali a morta virgem)
onde você ficou:

Mirliflores
bardo ingrato
nesta fonte calma
e grave
desfolho meus malmequeres:
voltará, não voltará.

POLCA E ARRAZOADO DE UMA JOVEM SENTIMENTAL

I E quando viemos quietos
descendo as mansas ladeiras
docemente docemente
de mãos dadas, bocas sérias,
de pernas descompassadas,
que ternura, ó moço,
que ternura:

tão no estampado da saia
no silêncio dos cabelos
inclinados para leste
nas pedras, nos santos tristes
nas igrejas delicadas
e em certos livros que abriam
seus sorrisos sibilinos
em lombadas mais secretas
de pequenas livrarias.

II Da descompaixão do frívolo paredão

Julião, nossa paixão
se puiu no paredão
que travou no coração
traço e prestígio de abraço.
Isso de amor é vento,
e muito do elísio, amável.
Há milícias de suspiros,
formigas desconsoladas

espreitando das calçadas.
Amor é bobagem
(pavana de grilo)
amor é bobagem.
Quem escapa a esse hábito
(não ficará gasto)
de estátua contrita.
Quem escapa a esse fato
(vem no mês de maio)
doce, inenarrável, mais
que inevitável.
(Esse fato tão grato).

III Ah era à base de pâncreas,
macio pâncreas de boi
que o despojado de tudo
apregoava na esquina
tisanas, sais e mezinhas,
eficazes, infalíveis,
que curassem resfriados
dos passantes desolados
porque eram pouco amados,
e também para os achaques
mais lentos e pertinazes
– toda sorte de dorzinhas.
(Macio pâncreas de boi).

IV **Capítulo pícaro**

Agora,
se a gente fosse fantasma
níveo e isento de asma

cheirava os pós e sumia:
fiun n n n n n n n n n

Pronto.
Não tomamos mais sais
nem qualquer beberagem
seja grata e picante
ou que saiba a serragem.

Aparte muito inconsequente

Isso de amor, meu mulato,
é tolice proibida,
é matiz muito escondido
é valsa nos azinhais
é prímula dentro de livro
é débito de sorriso
é passo em escada
é salto em mar garço.

(Isso de amor é bobagem meu mulato.)

Crime e compensação dos desalmados desamados

Também nos vestiremos
de pura aniagem
sorriremos demais
para todos os bichos
(garças e os insetos
mais inexoráveis).
Passaremos cantando

(que triunfo sem trunfos –
não somos mais que a imagem
dos débeis personagens
que representamos).

Por todas as aleias
passaremos cantando.
(Queridíssimo queridíssimo queridíssimo.)
Beberemos os méis
de afáveis colmeias
chegaremos de súbito
no meio dos folguedos
na saída das festas
saraus e dancinhas.
Vamos gritar – olé –
em graves banquetes
e os penates aflitos
partirão com fúria
(já não direi graça)
que reputarão pressa.

Reprimenda e lamento dos alados títeres apocalípticos

Tão
injustificável
deserção ingrata
à presença amigável
de dois jovens fantasminhas
mais gentis do que daninhos.

Falso panegírico aos precoces finados

"E eram tão pacatos"
comentarão depois.

Nesta face do espelho
quando definhavam
o riso e o volteio
o passo e o choro
o sono e o abraço
nunca promoveram
a menor confusão
(nesta face do espelho).
Chorarão as famílias
que soubemos nossas
dirão certos amigos
finórios (mas graves)
"e que falta de tato"
(desertam nossos túmulos).
As lágrimas doídas
já não mais gotejam
sobre a doce relva
– que relva – relvinha.
(Enfim vamos florir
no mais diverso antúrio
– ai, tão triste rosa –
e a menor florzinha.)
Adeus convescotes
adeus parentotes
a brisa balança
balança e não beija
as hastes tão brandas
de nossos bracinhos
tristinhos tristinhos
que acenam com pétalas

pintando matizes
nos vossos olhinhos
sagazes, durinhos.
Principalmente adeus todos os meninos e seus
[cavalinhos.

VI Cançoneta aflita

E quisera tanto
falar de dálias
e de redodendros.
É quando a gente se sente
lírica lírica lírica
que imagina esse requinte
de tais fatos capitosos
mais jocosos que formosos
como esse acima dos dois
fantasminhas inditosos
tão gaios e dolorosos.

Palavreado triste

Tão sem propósito
gostar de alguém –
mero depósito
de grito e guitarra
de sorriso, de epiderme
(na sarabanda de grilos
pulula nossa quimera)
de muito adeus e de gesto
(nunca se esquecendo
do mais vário aceno).

Copo quebrando
copo quebrando
a água fugindo
devagarzinho.
Você abrindo
trinta cancelas
bem de mansinho
fechando a porta
de todas elas
soprando as velas
jogando as chaves
pela janela:
no pátio escuro
você passou
(chorando muito
você sumiu).

Fragmento e delírio de três bocas ímpias

"Além disso
é uma
loucura,
uma
bobagem, filhinha,
que não mostra precedente."

"Também
você se enclausura e
dardeja árvores ruas
patins boninas maçãs
trilhos orquídeas e fitas
(grandes sorrisos ocultos)
tudo isso faiscando

oblongo arisco e implacável
nas minhas retinas pretas
(re-ti-na po-bre de mim)
por seus olhos tão malignos
seus claros olhos de espelho."
"Você é ridículo.
(Tão inconsistente.)"

Seu perfil é uma lâmina
e seu passo contundente
(nítido exato correto)
seu passado três silêncios
inseridos nas conversas
de tristezas recatadas
mais a voz – retrós contínuo
que borda na minha carne
(borda na alma também)
arabescos indeléveis
deste amor precipitado –
assunto pra menestrel.

Você assim definido
nessa quadra que é um grito
de colete abotoado
de cabelo penteado
por trinta flexíveis brisas
não deixa ninguém saber
de nossas valsas secretas
em coretos escondidos.
(Passam três arlequins em disparada.)

VII Período estoico

Nada
disso adianta
(queridíssimo)
quem não tem saída
desliza nas rimas
compensando risos
que não vão soar.

Gosto de suas mãos
de seus pés
de seu jeito gaiato
de ler poesia
de seu olho matreiro
seu adeus miudinho
tão encabulado.
Gosto de você todinho ó
suave incorruptível.

(Não adianta
queridíssimo.)

VIII Sussurro dos longínquos querubins complacentes

A ternura é tão grande
que nem quer sair.
A desmedida ternura,
a fácil, usada ternura
desses seres renitentes –
mais usura de carícias
não seriam tão impuros
(quem sabe seriam duros).

IX E precisamos lesto
nos aprestar carriolas
feitas de puro vento
voar depressa
por aí tudo
rindo muito
(queremos chorar tanto).
Choro doce
Sem tristura.

(É a
RUA DA AMARGURA
– minha avó dizia –
não amola menina
vai ver o Imperador
passando na esquina.

Mas o Imperador
ou era muito tímido
ou fugia de mim.)

Isso é que é tristura, formosura.
(Certos domingos de tarde
bem que arruínam a gente.)
Tristura – bicho pacato
muito pouco timorato
vai nos roendo baixinho
com doce tenacidade:
rói rói rói
(como dói).

X Pirlipatemos, amigos.

Saudade de quem
e de que:
de aro de óculo,
poderoso binóculo
que fixasse maciez
entre blenda e cobalto.

Não negamos, ó fulanos
como havia ingenuidade
em febris debilidades

nos desesperos
nas decisões
de forçadas
solidões
nas comidas
sem tempero

e havia desespero.

Mas hoje há só este tédio
dominical e tenaz
que nos vai tornando nédios,
indolentes, incapazes
de moldar em nossa frágoa
de feroz mágoa calada
reações mais violentas
que o desalento do sono
no protesto dos relógios:
lágrimas de agapanto
sacudir as mãos quentes
esquecer o lugar da boca.

XI **Bucólico frontispício das agruras e ternuras**

Deslizam garis
tocando flautins
firirim firirim firirim
tinham pés de fauno
– a cabeça uma abóbora –
firirim firirim firirim
agora espiam minino
jogando bola de gude
(ó nacarada ó fugidia)
tocam mais alegremente
firirim firirim firirim
minino magro, nervoso,
de olhos pardos espantados
é meu bem no seu passado
de menino desamado
que ganhava pouco beijo
– seu carinho era bocejo.
Queria ter sido grande
nesse tempo tão precário
(meu inefável Macário)
para te contar as sagas
muito bonitas que sei
(terrivelmente suaves)
sobre três fadinhas gaias
dragões medusas alfaias.

Mas nessas horas ingratas
(o cravo brigou com a rosa)

de mãos dadas com gerânios
(a rosa pôs-se a chorar)
em monólogos fugazes
quem chorou sempre fui eu.

(Carneirinho carneirão
muita lã pouca paixão).

No tanque de escama rara
brilhava tanto peixinho;
um dia desci de manso
e vislumbrei as iaras
de pérola e tiara, mais um reizinho.

Mas isso foi só um dia
um dia só Natanael:
agora sou mais calada
meus olhos são cor de mel.

(Aqui o sarapatel das alegres toutinegras.)

XII **Diálogos bárbaros**

Depois desceu a ladeira
Certa cartomante faladeira:

– Cadê o coração que deixei aqui?
Fincou o dedo magro
em meu peito apagado:

– Gato comeu.
– Cadê o gato?

– Foi pro mato.
(Foi pro mato com meu bem.)
– E cadê esse bem
que saiu com o gato
que foi pro mato?
– Deu tangolomango nele,
Marambá levou.
(Numa hora escura
Marambá levou).
– E cadê Tutu?
– Está assustando minino.
– E cadê o minino?
– Ah esse foi meu bem.

(O anjo o mulato
e o arlequim
depenam patos perplexos
– perplexos e doloridos –
à sombra do paredão).

XIII **Parábola derradeira**

Chorem e chorem
que meu boi morreu.
Ninguém teve amor
maior que esse meu:

que dor maior do que a dor
de não achar meu senhor

até bêbado até morto
– retrato feito de mofo –

cabeça de minino
roída de traça
pretenso arabesco
de formas amadas.

Irineu apascenta anjos
nas colinas de nanquim:
colinas feitas de homens
tocando seus bandolins –
em dorsos nascem lilases
das pupilas riachinhos
os cabelos são acenos
a boca: desenvoltura.

Os anjos são tão diáfanos
altos claros inefáveis
que nem conseguem nos ver
chorando flores no pó.

Máxima polida

(a um audaz parceiro)

Lembra a emoção que sentiste,
que não sendo grande amor
Floriu mesmo em amor grande
(grande mas não para mim –
só ao prestígio da imagem
que declararam ser minha)
eu, que ignorando previra
minha sorte no flautim
de certo pícaro bardo
que se disfarçou de cardo
dissimulando ternuras.

Que fique pois nossa dança
com o sabor acre de um brinde
atirado na parede
sobressaindo na argila
nossa polca inacabada
nesta comarca de sonho.

PEQUENO ARRAZOADO DE CILADAS E MALOGROS

Em minha frase concisa
já sufoquei vário idílio
início de bem-querenças
e começos de paixão.

Em minha frase concisa
o que risquei, virou brisa,
antes que varar, resquício,
de muito amor – rouquidão –
a vária dor desta mão
que comove o coração
com tal carência de engenho
que o faça correspondido
na sua batida aflita.
apartezinho (Ah o ridículo coração.)

Em minha frase concisa
o que risquei, virou brisa:

foi cair junto com a folha
que o vento botou no logro
com promessas de gavota
pereníssima na hora
que foge para desoras
de um sempre gaio amanhã

foi ser pétala de trevo
que Nicanor amassou
e mais riso de minina
que vai rir daqui um ano
com madrigal leviano
de algum namorado em flor

é uva que irá dar vinho
que meu senhor vai beber
bem antes de me esquecer
– tristura no seu caminho –
risada desafogada
minino que ainda vou ter
– quanta ternura meu Deus.

Em minha frase concisa
o que a pena arisca risca
há muito que virou brisa
antes, morgado, que fique
ruminando o coração –
acorde mais dolorido
do que podia ter sido
– podia só – e não foi.

Talvez que a frase incorreta
ligeira e pouco discreta
que o lápis escasso e liso
suprime sem azedume
seja grilo apavorado
fugindo de cientista
ou vaga-lume apagado
cansado de flores, só.

Talvez que a frase indiscreta –
terníssima aflita e falha
seja moça comovida
com carta de namorado
bastante magro e até tímido
que perde balas na praça
e sempre chega atrasado.

E em tanta e tão vária coisa
vai-se tudo transformando
revertendo sobre a pena
que divertida e serena
tudo recria no espaço
num jogo até comovido
se bem que desconfiado
de seu precário nanquim:
peixe na pia
chuva macia
renda de rendeira
tristeza de estrela
que sei jovial
sol escuro beira-mar
pião casulo jogral
morgados apaixonados
rezas sérias rezas leves
vão escapando do mundo
se tornando vário assunto
que mais varia, se anda,
e andando, colhe mudanças.

Talvez que a frase ligeira
assim tão lesto cortada
seja esta mesma toada
que se define acanhada
e tangida por mão bisonha
que os dias e seus matizes
de luz e ponteiro escasso
já me entregam transformada
sob irônico disfarce:
ternura de madrugada.

Alados Idílios

Que comprendre à ma parole?
Il fait qu'elle fuie et vole!

Rimbaud

I

Alados Idílios

ALADOS IDÍLIOS

Hoje me disfarço
de passarinho
e te levo de leve
sobre o arminho
do mar.

Inútil dizer: é meio-
dia – hora alimentícia
maquinizados
dançam maxilares
e rodopiam
entre estalidos
finos de pratos
essa traíra
oh que abstração.

Bobagem, moço. Você
não tem saída você
sabe que precisa
dar voltinhas você
sente, e mais, pres-
sente que precisa
passear sobre
ondinhas do mar
lam-ba-ris cantarolar.

Hoje é hoje
o dia
meu passaril.

Hoje é hoje
a noite
meu passarote
sopre arietas
neste anafil
corra destrezas
em sustenidos
enternecidos
meu passaril
nunca bemol
nunca bemol
nunca bemol

Voa que voa
eis que aportamos
nesta minúscula
rórida ilhota
meu passaril.
Ilha de amores?
Nunca filhote.
De dissabores?
Inclinações.
Ilha de fontes?
Raras, mas claras.
Ilha de rosa?
Vez numerosa
é a dos goivos
curtos, chorosos.
Ilha de abraços?
Ai tão escassos
meu passaril.

Eis o recanto
para o convívio
de nossas penas
meu passaril:
é domicílio
mais que invejável
para trinados
deliciados
leves cortinas
de murta e brisa
já nos acenam
tão verdemente
das janelinhas
cubos de sol
meu passarol.

Súbito a frase
deste colóquio
se matizou
de ultramarino
glauceste acento
ou foi equívoco
do entendimento
hein passaril.

Deve esta ária
ser cristalina
ser aquilina
branda e gentil
não deve nunca
ser pastoril
meu passaril.

Perdoe o mote
(sei limitado)
desta gavota.
Certo o estrambote
seria o toque
mais inefável
mais ajustável
à evasão
do coração
pela cantiga:
sonante glosa
das emoções
entre os humanos
graves, urbanos.

Mas que fazer
meu passaril
se sou o fino
risco de penas
que já passou
olhe! e sumiu
na linha esguia
dessa colina.
Se sou a tênue
frágil garganta
se meu ensaio
de gravidades
antes encanta
e não comove?
Mas que cantar
meu passarol

se estas palavras
que agora entoo
fluem num voo
precipitado
e se colocam
ai – tão longínquas
sob a memória
de teus ardores
meu passaril.
Se ainda fosse
taful memória
se ainda airasse
reviravoltas
se ainda agisse
com inclemência
se te espetasse
de alfinetitos
impertinentes
meu passaril
era um consolo
se te crivasse
com malvadeza
de mil remorsos
irreprimíveis.
Bem. Nada disso:
tudo é omisso.
Menos a branda
cantarolagem
de meu suplício
menos a breve
perimetragem

de teu cilício
menos a imagem
de desalento
com que me assento
nesta banqueta
de Leonoreta
para tecer
para fiar
tuas camisas
flordelisar
teus brancos lenços
para cantar
e lastimar
ai meu amigo
esta inimiga
sorte, de mim.
Ah madre madre
porque não vingo
morrer de amor
como perfiz
viver em dor.

– Ora donzela
até agora
não divisaste
que tua sina
já por decreto
malsinadinha
de morgadinha
pouco ladina
será cantar,
que digo: é

mas ensaiar
cantar de amor
sem outro amor
que o da canção?

– Ah madre madre,
sombras do vale
pulam, me engolfam.
Quero ceder
o repertório
a alguma ave
de canto inglório.

– É impossível
o itinerário
de teu rosário
é irreversível
minha tão branca
e tão arfante
minha filhinha
malsinadinha.

– Mas por onde
andam
os sapatos
tristes
de meu amigo?

Mas por onde
olham
os olhos
pretos
de meu amigo?

Por onde ecoam
suas palavras?

Em que cintura
devanearia?

meu passaril
meu passaril
meu passaril

Este meu fuso
como é confuso:
canta e se espanta
de emitir som.

É de bom-tom
camuflar mágoas
sob camélias
decorativas.
É de bom-tom
transportar sempre
lenços discretos
(amigos certos).
Mas eu me giro
é para o sol
meu passaril.
Estes meus olhos
são lagoinhas
muito perplexas.
À luz do dia
perguntaria:

meu caro sol
não aspiramos
a girassol
e petições
de cor, calor
não inventamos.
Só inquirimos
de ti, carbúnculo,
raro parceiro
em que cintura
devanearia
o meu amigo
meu passaril.

MODINHA

O que a boca sugere
e o espelho revela não
é o rosto dela
não é sua emoção.

Esse volteio alado
o riso alcantilado não
é roteiro dela
não é seu timbre usado.

Essa flor no cabelo
o exato poema não
é ornato dela
não é sua canção.

O coração girando
rondós contraditórios
os olhos diluídos
em breu ressentidíssimo.

Esse é o jeito dela
esse é o verso dela.
– Que recato mineiro!
Lagrimazinha dela.

TOADA DISTRAÍDA

O amor virou a rua
em vossa contemplação –
sumiu no redemoinho
de muito triste paixão.
Entre palavras e gesto
a begônia o lotação
se definiu um caminho,
não – mas dois – e assaz finos
divididos em aflição.

Palpa a memória – no raso
do tempo recuperado
o escaninho agudo estufa
em certa dor saturada
de se doer, e carpida
por dez versáteis verões
e finadas primaveras
exíguas em placidez.

O amor virou a rua
de coraçãozinho mole
se desenhou no poema
em bico de passarinho
azul, sem pena ou sistema
de eterna complicação.

Sem culpa – foi distração –
o amor virou a rua
estreita do desamor

e foi despindo a plumagem
de merinó e alfazema:
fatigado de florir
em vossa lapela ingrata
desceu pelo corrimão
fugiu em nuvem de pó.

Como inseto delicado
sumindo na escuridão
conduzo minha cantiga
a um matiz de solidão.

RÉQUIEM MENOR

O corpo se apresente
quase uma transparência
Saltitem tico-ticos
sobre o liso cabelo
e seus laços de fita.
E duas borboletas
finjam ser tênue pálpebra.
Epiderme? de trevo,
almíscar, porcelana.
Das mãos, em gesto lúdico
brote a interrogação:
viver foi distraído
mas sem compensação.
O coração é relva
verdília verdoenga
e raízes conspiram
levíssimas arengas.

Breve em breve as distâncias
descaso de eloquências
e a pausa, Mirliflores
maior, entre os amores.

SUSPIROS

I

Não sei passear.
Ide, carpideiras
fisgar os alecrins
girar pela gigante
espiral dos sorrisos
os amores-sorvete.
Não sei passear.
Acabou acabou
não digais: não amou.
Demais, e acabou,
acabou-se: era doce
demais.
Não sei passear.
A mão em devaneio
o afago de cetim
os risos em guirlanda
na face enternecida
na face enrubescida
já se multiplicaram
pela imóvel figura
deitada, e eis que se estica
em adeus colorido,
finíssimo! Acabou-
se e some no infinito era
doce
demais.

II

Oh virgens da mata
suspirai por ela.
Certo pouco
esperta seria mas
o rútilo coração?
Generosa, a doação
de só jasmins do cabo?
As poções sedutoras
que tontearam e –
namoraram mil
inflexíveis varões? Sua
única moeda cedida ao
verde lago? Suas arietas
tão mozartianas?
Acabou-se, Martim
é goivo, não alecrim.
A imóvel figura
se revelou boneca
franzina bonequinha
dessas de esquecer
à tarde, no jardim.
De olhos abertos
já nem percebe o céu
de tanto se repete
infalível e terno
sobre sua retina
(não sei passear).
Veio a chuva, e de aguda
como estremeceria.

Veio o sonoro sol
sua alma escurecia.
Eis intato seu corpo
e a memória, tardia.
E eia que até se esquece
de quem a esqueceria
de quem a desertou
furtando a luz: amor
do falaz meio-dia.
Frágil se cristaliza
dia a dia em memória
que se desfaz, resíduo
da fluida ressonância
e o coração: conspira
(não se emendou) cada hora
outras falsas folias.

III

O corpo é que o conspira:
o coração de nácar.
Silêncio.
        De cabelos pensos.
Ai a rosa inveterada
(foi rubra) se desfolha
e se esvai, refloriu
agora. Por seu mal
urde a feroz
que a minará
cal,
já se viu, paciência.

EMPECILHO

Dura efígie que interfere
em seu mais ínfimo gesto
artifício negador
suprimindo amenidades
armazenadas em azul
cor de flor primaveril.

Artifício volantim
equivocando emoções
(eis a troca sub-reptícia!).
Onde era lume, o fastio
resignado dos legumes
disciplinados em horta.

Sol, que não era, mas um
florim esculpido em blau
irradiando cordura
para as gentes sem paixão
é planeta moderado
a medir luz, donativo.

Fino cicio da grama
sugerindo proporções
de amar que se harmonizassem
ao segredo da paisagem
é verde epitáfio, e talha
sob placidez nossa face
devaneio choro talhe.

Violinha sonantinho
para nosso pé dançar
é pífaro intermitente
convidando a meditar.

Minuto que atrairia
o poema, a flor arisca,
se estilhaça no tinteiro
atrasa a memória pouca:
é fascículo incompleto
o livro que esmeraríamos
limitados, pobres, tensos,
desmedidamente avaros
fixos em lenta dolência
de navio sob pilhagem
a tentar fugas na brisa
mas contido no pesado
calado de sua rota
cor, velame, referência.

É partícula de tédio
e desencontro, letreiro
de nítidos argumentos
carreando senso ao denso
panejamento de amar.
É trave, é pílula grave
que assimilamos, desgosto
mudo, severo, pausado
a afiar no coração
seu dente de interferência
madureza e abstenção.

A UM VARÃO

que me inquiriu o motivo do
uso de picaretas, escadinhas
e mais vãos utensílios alpinos
em minha jardinagem.

Mote Eu subi numa roseira
para ver o meu amado:
não vi, desci.

Glosa Como o tempo era de flores
solícitas e fagueiras
(coração desavisado)
eu subi numa roseira.

E balouçava na brisa
agreste, o som de um chamado
precavido (me esqueci)
para ver o meu amado.

Suponho ter o impossível
– um baque e me convenci.
Roseiras? impraticáveis
e o amado, imponderável:
não vi não vi e desci.

PRESSÁGIO

Mote alheio

As forças britânicas
erguidas em Chipre
nada de bom deixam prever.

Vão deslizando sutis
em meu pacífico trilho
sombras ilhadas em grito
sombras longas, desusadas,
irisadas em desgosto
ignorado em sua trama
se pressentido em tais pretas
sombras senis dessas forças
(Nada
de bom
deixam prever.)

Será vestígio de choro
incoerência canário morto
a que aspiram construir?

E como as forcas são loucas.
Reviravoltam em brisas
e em ventos veementes
querem cingir de mil fios
nossas tímidas gargantas
e mais cílio e mais pupila
leve argila de perfis

riso, valsa, fino lábio
que ora sopra em ocarina
certos sustos comovidos
disfarçados em arieta
de ilícitas ironias.

Quererá a forca
a força da esquerda
(a força da forca
vai me devorando)
sombria e atilada
pilhar nosso mito
mais enternecido?
Quererá ou não.

Quererá a forca
esta, a da direita
cinzelada em sino
gongo campainha
repicar melíflua
para os curiosos
sugestivo espólio
destas alegrias?
Quererá ou não.

Qual exibiria
para o circo frio
o corpo cordato
deste Bom Ladrão
que ora surripia
nosso coração?
(Qual exibiria.)

Qual oscilará
para lá
        para cá
nossa compaixão?

E nossa paixão
– nota sem-razão –
qual oscilará?

Erguidas em Chipre as forcas
lacônicas e malignas
em sigilo intensificam
suas sombras – nosso crivo.
Crivo que já se define
por sua própria incerteza
e que vai, fundido em laço
abraçar nossa evasão
impelindo o corpo arisco
para a forca torno forno
e dura furna de angústia.
Sem bulícios nem ardil
vai expirar esse crivo
depois laço e torno e forno
em suspiro as correrias
e alígeras orgias
que cultivamos outrora
        outrora
sim, pois a aurora
matizadíssima em amora
já inaugura duas sombras

pendendo da sombra ufana
que as longas forcas britânicas
erguidas em Chipre, erguidas
para nos fazer bailar
nada de bom (ai de nós)
nada
deixaram prever.

DUETO MALINO

– Duende, a que o flautim?
– Ah Senhora, pelo mandarim
(breve direis – ai de mim –)
que fugiu deste jardim
ao seguir uma araponga e
três aves de perna longa
de que me esqueci o nome
sem orleã, sem redoma.

– Ai de mim.
Duende, a que este viço
de feitiço que lavrou rijo
sob luminosa poção
o pacato coração?

– Senhora, viço de amor,
juro das horas sonoras,
garra sem tempo, elo sem fecho
(mas nunca aberto) dor sem desfecho
intermitências
fundas carências, vácuo de abraço,
laços de aço circunscrevendo
o frágil peito – se vai morrendo,
oh que estupendo – morram florzinhas,
eu sou o duende!

NOTICINHA DE MOÇO MÍOPE

– Que fazer de tanta brandura
– Oh vamos saber ternuras
  montes de ternuras esparsas por aí
– Olhos de diamante olhos de diamante
– E não o eram mas a fábula na noite
  o afago do escuro o tristinho silêncio
– Olhos de diamante olhos de diamante
– E o amor tão distante
  para lá das estantes
– Ah e como são altas
  e fogem em cirandas
  (têm as velas pandas)
– Vamos trespassar a estante
– Mas será que ela vai deixar?
– Olhos de diamante olhos de diamante
– Não deixou não
  viu meu irmão
– Mas nesta prateleira os ratos
  e sua dança vermelha
– E nesta outra magros insetos
  conspiram sortilégios
  enquanto roem as traves
  entrave de nossa fuga –
– Olha a moça se afogando dentro daquele livro
– Meu Deus e aquele pintor cortando a orelha
                                        [a sangue-frio
– Que fazer de tanta brandura
– Vamos transpassar a estante
  precisamos correr tomar banho de mar
– Ih olha a vida passando

– Gente, e seu cabelo branco
– Olhos de diamante olhos de diamante
– Bom dia Arrivederci Não gostamos de nardos
– E o amor tão distante
– E se só andássemos nos mosaicos pretos
  rabiscássemos três sonetos
  ficássemos rigorosamente quedos
  debaixo das camas rindo baixinho
– Olhos de diamante olhos de diamante
– Não não não não não não não
– E se chamássemos exu para sermos de retrós
– Não não não não não não não
– Vamos nos esconder no incinerador
  tecer finas redes de cinza
  só para fugir (mas cintilam!)
– O incinerador é grande como a noite
– Naquele canto tem uma flor
  igualzinha um passarinho
– Não não não não não não
– Vamos pedir ao sacristão
  Depois, há tanta oração
– Os olhos de diamante os olhos de diamante
– Ah não morra tão longe
  me deixe aqui não
  vamos à praia
  vamos fugir da estante
  ai
  que fazer de tanta brandura
      os olhos de diamante.

BALADILHA DO JOVEM POETA

Era o jovem poeta.

Era o jovem poeta com sua camisa
sua margarida e seus olhos gris.
Era o jovem poeta com sua risada
tão desesperada seu beijo e cigarro
seus mil teoremas suas porcelanas
e seu anafil suas ladainhas
de gentil paixão (grave, mas gentil).

Era o jovem poeta. Com suas amarras
de carinho e pranto – duas cimitarras
se engolfando tanto no espanto escondido
da moça em surdina pairando na esquina.

Era o jovem poeta de passo nervoso
e relógio aflito fincando minutos
em sua alegria (cueillez votre jeunesse).
O bolso era escrínio de seus poeminhas
e a rua era fuga painel domicílio
de sua ansiedade: a pacífica lua
causa de elegias ou a lamparina
de suas vigílias em noites revoltas.

Era o jovem poeta
com sua camisa
branca e enfunada
sua margarida
e seus olhos gris.

Era o jovem poeta com sua equipagem
de interrogações com sua medalha
e seu impropério sua irreverência
ai, a exígua idade
responde por tudo
que (perdoai) pareça
leviano, malino –
coisas de menino.

Era o jovem poeta com seu forte abraço
seu ressentimento seu cabelo escuro
e a fotografia queimando no bolso
de certos idílios tristes mas prementes
tirada no parque de cisne e de mágoa.

Era o jovem poeta.

Com sua camisa sua margarida
seu copo de uísque suas bem-amadas
seu passo incontido, seu cabelo preto
coração redondo tão alvoroçado
sua impertinência seu punho no muro
mais seus olhos gris. Gris e gris e gris.

Era o jovem poeta
perdido no tempo
de seus vinte e três.

NA CIDADE E NO MAR

Na cidade

Imagine
essa avenida
como este braço moreno
te abraçando, te envolvendo
passeando teu passeio
florindo rosa na calçada.

Imagine
esses bequinhos
essas ruas estreitinhas
como a ponta
de meus dedos
falange epiderme aceno.

Imagine essa
cantiga
de azul-cariz
que ora o vulgo
decidiu escolher: mar
como sendo
meus cabelos
macios largos e tristes
bizantinos ondulantes.
(E amar? e amar? e amar?
indagam todas as conchas.)

Esses túneis
são meus olhos

onde você vai passar
e para sempre perder
sua imagem precavida
para meu gáudio e delícia.
Ninguém mais vai recordar
seu talhe e gesto, seu passo
seu jogo seus mil escolhos
(eu vou furtar sua imagem).

Do lado oposto seu corpo
vai surgir tão outro e absorto
(mas sem imagem meu bem).
Vou usar de sortilégios
tão suaves, de tais bilros
que você nem vai sentir
a fuga de sua sombra
por ligeiros labirintos.

Imagine
que essa pressa
esses pés em correria
esse trânsito de fugas
não passem de meu sorriso
contrastando incoerências
com amor compenetrado.

De feitio uno e vário
amar demais e amar
desconsideradamente
ou em sábia ponderação
amar de cabelos ruivos
pretos verdes violáceos

o amor esquivo dos calvos
o amor cortante dos loucos.

Amar aqui, em Varsóvia
na Espanha, em Amsterdão
amar sob toda epiderme
e em toda situação
amar sem qualquer salário
episódio, floração.

E no mar

Imagine esse peixinho
imagem de coração
que onda diz meu
(é no vulgo
chamado
de douradinho).

Imagine
esse
peixinho.

Mas evite impeça anule
que eu me transforme,
ai, em espólio
desse pertinaz peixal
de leme agudo e feroz
ai, evite
essa espadana
essa aljava, esse facão
de algoz sôfrego e fatal.

O qual fez tloc
e de um golpe
me sorveu de um gole forte.
Eu! eu que era o coração
das garridas avenidas
latejando na baía.

"Agora pode a cidade
existir livre da jovem,
de seu jugo petulante"
diria ufano o falaz
inadvertido peixal.

Se é verdade que morri,
definhei em coração
nestas superfícies pardas
nunca esqueça, paladino,
de meu corpo destilado
nos asfaltos da cidade.

Uma vez que já morri
a noite será velório
para carpir minha sina
de sofrer tal morte inglória.

A cidade é corpo morto
e teu amor, meu senhor,
alfaia dentro de poço
comoção dentro de um moço
entre mil comoções moças.
A cidade é corpo morto,

indestrutível, distante
mas tão distante, meu bem...

Agora só delineio
e suturo pelas ondas
o meu coração azul
(azul coração taful)
que pulsara na baía
(mas que baía? pergunta –
a quem amei, se existi?).

Dormindo muito cansado
prossegue no itinerário
marítimo dos cardumes
neste invólucro feroz:
contração, marfim e gume.

II
Entretom

Concertos fora
adornos longe
conceitos a propósito
cláusulas atiladas
fogo em tudo
fique-se a elegância
para linguagem das mentiras
e fiquem só as penas
as ânsias e os suspiros
para eloquência trágica
de minhas verdades.

D. Francisco Manuel de Melo

CRÔNICA

De como a enfastiada poetisa ao passear em jardim primaveril se inteirou subitamente de seu passamento, deparando com sua finada imagem que descansava sobre um murinho só de violetas

e

também de como se comportaram e dialogaram em tão alarmante contingência as ditas personagens.

A paisagem branca
que em nossa procura
de tons sedativos
sutis colorimos
devolve os matizes
e mais nosso tédio.

– E se passeássemos
ao som da mazurca?
– Olharíamos de leve
(mas muito de leve)
a arquitetura breve
das rosas de hoje
Mignone Mignone.

Algo à nossa passagem é susto e
aviso
hesita e estremece.

E de repente,
vemos:

Sem crime, sem suicídio
sem ácido, acidente
deparamos o corpo
miúdo corpo morto
miúdo corpo nosso
que ora pula do muro
para dentro do olho:
o corpo tão precoce
morreu antes de nós
nos inteirarmos disso.

O curioso corpo
impacientemente
retificou a morte
em seu truque-surpresa
ao sumir antes dela
veloz nos recortar
entre vela e soluço.
Retificou a morte
em oculta extinção
discreta despedida
aparte da ciência
e gume dos velórios.

Então como se agitam
O silêncio, as cortinas!

– Como não foi? como foi?
– E fui ter a petulância
 de morrer sem me avisar!
E assim
comprometemos
o pó em que nos vertemos
e que afinal, merece
tranquilos responsórios.

Ai fria verdade
perfil impalpável
talhado no muro.

procedência E ao brotar do muro
que grão o impeliu?
(Corpo, flor precoce.)
Que terra, que ancinho
que nuvem abstrata?

– Se o solo é cimento
 seus poros argila
 estéril e fria.
 Depois, nossa vinda
 foi lenta e difícil.
 (O enigma sorri.)
– Bem que me lembrava
 (quase me esqueci)

graves desamparos.
– Bem que recordava
(ontem me esqueci)
riso alagadiço.
(O enigma se instala.)

E então despojado
de cor e memória
de riso e vestido
só temos o corpo
o corpo que vemos,
(e mais, que sentimos)
extinto, mortiço –
verdade impossível
triângulo ágono
fincado no muro:
o corpo tão branco no muro tão duro
o corpo macio nesse muro escuro.
E agora tal corpo
nem macio é.
Ou branco, nem isso.
Nem carne ou suspiro
são seu enchimento
nem ar, ou é suspeito
de mil comoções:
o corpo é ciência
precisa e impalpável
que em claros espaços
persiste insistindo:
é aresta, moldura

presença de signo
sem signo presente
(corpo caixa artéria)
que quanto se apaga
mais se opacifica
em nosso inventário.
Persiste insistindo
a certeza no escuro
do corpo tão morto
em muro bivalente:
vazio
e repleto de gestos completos:
as mãos sobre o peito
são seu arremate.

A certeza no muro
(é meu corpo tão morto)
defronta-se espantada
com o perplexo fantasma
que traduz seu espanto
em idêntico espelho:
defronta-se comigo.
O corpo, irretorquível,
maravilhado em susto
de encontrar sombra viva
alheia a seu veículo
e que nega, existindo
sua função completa
de corpo reafirmado
em um porte de morte

cabal e sem vestígio.
(oh mas que ainda faz essa menina
soltinha por aí
ela não tem juízo ela
não tem juízo ela não tem juízo não
tem ela).

duplicidade E estou morta, entanto
me encaro tão viva
próxima e antiga
ao achar meu corpo
que se petrifica
de ver-me tão solta
(meu corpo meu horto
de tantos desgostos).
E seremos: eu – tal corpo
e a viva que olha
seu lúcido esquife
e que se habituam
ao hálito duplo
de ácida elegia
prístinas folias?
Ou folias póstumas.
Pois se já estou morta
o ar que consumo
é póstumo póstumo
o braço que abraço
é póstumo póstumo.
Que faço, meninos?
Acaso perturbo
a rua, ao passar?

– Nem isso querida:
e seu epitáfio?

Então que mesura
convém adotar?
Viver é impossível
porque já morri
morrer impossível
porque já morri
vamos pois nadar
ensaiar poemas
vamos pois dançar
(o esmero no talhe
cadência de pluma
sapatos de onda).
E vamos rir muito
pôr vestido novo
miosótis no cabelo
consolar aflitos.
Vamos cultivar
minúcias delícias
de matar o tempo
de sobreviver
ou sobremorrer.
Vamos nos ater
a tons secundários
fisgar borboletas
azuis, se possível,
ou vamos flertar
alguém muito guapo

(digamos, Martim)
gabar sua astúcia
prender-se à deriva
amor dia a dia
culminar com o enlace
ao varão invicto.
Depois vamos florir
em dez varões menores
que nos desdobrarão
Em outra floração
(nenhuma para nós).
Enfim vamos agir
de costas para nós
(oh vamos nos distrair)
e depois esperar
esperar para ver
qual a coisa tão mansa
e tão grave e tão linda
vai nos acontecer
e que não surgirá
nem amanhã, ou nunca.

* * *

E agora a ciência
de minha incerteza:
meu rosto a espiar
sua cruz no muro;
meu corpo tão quieto
tecido em mistério

já nem incomoda
ou grita, reclama.
É dor recortada
íntima e durável
é mágoa importada
de nada que exista
e se reabilita
nos importunando.
É crivo insistente
se pouco exigente:
já não preocupa
mas como calcina.
(A frincha da porta in-
        cha em uma risada
que o vento respira
e desfaz no escuro.)

BALANÇA

Desce a noite, noitília
desce a noite,
sobe a estrela.
E o avesso da pálpebra
revela outra afoita
paisagem, ecos sorrateiros
menores risadinhas, campinas,
flautins, aquedutos:
é noite.
Fora é noite
dentro o sonho.
Fora é noite
dentro os patins
revoam, Martim
sobre teu coração
florindo floral
floril florimetal.
Desce a noite?
diríeis. Desaba –
mas em outro país.
Com mil ruídos cavos
e trêfegos, é noite.
O róseo lençol
o rosto de nata
a dúctil figura
se apaga no escuro.
O lábio precoce
se anula, cansaço

de azul correria
pelos corredores
multicolores
por labirintos
cheios de portas
adros, saídas
mas sem mistério.
Por jardinzinhos
onde os jacintos
medram em jarras
preconcebidas.
Ai é noite
noite, dentro
das veias, dentro
do sonho
dentro dos olhos
amortecidos
em aquarelas
tintas de preto.
Noite é, seria
de raro efeito
se aquela flor
tão rarefeita
se desvendasse
na luz barroca
do liso leito
AMOR

RESSONÂNCIA

Se o mar era um azul violento
a areia resolvia as cores
num branco sem lamento. E amar a-
mar era gesto precoce
e incompleto e que ocorria
sempre aos dezoito entre verões sempre
entre oito serafins oito
fagulhas sempre a voltear
de candeia a cadeia mordente
e grilhão do sorriso fluente.

Que fazer do número e do riso
que fazer do amor que vai se apagar
mas permanece, transição,
Entre futuro e paixão?

Em cantiga de grilo
sob o musgo e carícia
brevíssima de acácias
estrearíamos um novo,
lento enternecimento.
Mas aplicando a novos
sentimentos usados
eis que nos repetimos
e o que amáramos fuga
era duplo cilício
reinventando o antigo
era a fotografia

do cenário apagado
que se ousara perdido
numa aérea estatística
de alfazema e verão.

My dear, a noite
não é mais criança,
dentro dos relógios
fadinhas que dançam
acionam dardos certeiros
disfarçados em ponteiros
e endereçados à instável
insolúvel pouca idade:
o tempo e sua macia
corrida, seus declives.

O que amáramos gasto:
vinho zanga memória
em sigilo ocultava
o seu bote excitado
nervoso, tão versátil,
que agora nos desmonta
em lágrima, em espanto,
como timbres exaustos
do grito interceptado.

E aplicando a novos
idílios de verão
sentimentos antigos

estivais, aguçados
repetimos a lisa
liga de aço que nos cinge:

        eis

o coração na jiga
sacudida do outrora
límpido – e se ria
nos longes da avenida
um sino a desdobrar
o presente-passado.

EXERCÍCIO DO INVERNO

Tempo de serenata
era a festa na mata
em cristal e cascata.

O azul – céu intrigante
maliciava o arfante
colóquio dos amantes.

Era a festa na festa
saltatriz, som de gesta
sem qualquer cor funesta.

Tempo fora do tempo
avesso ao passatempo
jamais um dia: pó.

Morte assaz provisória
sem corpo nem história
sua cruz é memória.

Mas a morte, no finito
âmbito deste aflito
reduto rosa e grito.

Enumerando tudo
– grifínia, cal, veludo –
que é sapiente e mudo

ao concluir assim
ainda, mal de mim
indago ao serafim.

Meio a erística humana
disperso-me em hosana
e toada profana.

Num oblíquo relance
ausentes do romance
inestimável, lance
acima
        do modesto

alcance da giesta
o exato que nos resta
já se anuncia: aresta.

REFLEXO

Neste balão o vidro discorria
em breve imagem, o nosso eu-vermelho;
e incrustava no fundo de si mesmo
a paragem oclusa, sem relógios,
onde (não mais miragens) nos riremos
de fluido riso igual todo setembro:
um riso fotográfico, fixado
a íntimos corredores do cristal
que a ninguém iludirá – cristal,
cristal será – estilhaçado em mil
cristais, mil risos mudos teceriam
o escarlate de nosso ser-espelhos:
aprisionado em cor. E mesmo ausentes
e outros, não nos desvencilhamos, vasta
é a planície sanguínea deste escrínio
dócil, sem violência. Entre poentes
permanentes se multiplica em prisma
esta contemplação despreocupada.
Vidro, som vazado em vermelho, vidro
contra as garras mais finas de teu gelo
se arremessa a nossa forma disforme,
inconformada. E vidro em ser vibrante
clausura musical que recaptura
para a retina pobre o antigo encanto
e o reflete em presente, sob meu canto.

A INTANGÍVEL COMPLEIÇÃO

Rosa do olhar que interroga:
poema – recato em público –
sobre a madeira o papel,
sobre o papel o nanquim
tingindo a antiga emoção.
Poema – recusa e joia –
imposto pago a contragosto
do melhor precário da colheita
feita em avaro vergel de mim mesma, eu
e minhas sempre mãos tão
frias e o sorriso-alçapão
e o passo severo e pobre
e o crivo no fino dorso
a usura incrível de flores
os mil afagos em leque
nessa leve caravela
vermelha, a que chamam boca
(sobre a mesa o papel:
olá, meu menestrel).
O melhor, o melhor da colheita
o que persiste dos idílios
de inverno e vara, sorrindo, os verões.
Se eis que em nosso riso
de hoje (e no escasso, escasso siso)
– ai filhinha, e o paraíso? –
já se insinua o prenúncio,
a dura partícula de fuga

que o minuto enclausura
e onde anódina se perpetua
a longínqua (ei-la!) súbita balada
(quando meu sossego?)
da idade madura.

A COR DE COR

Azul, como sabê-lo?
Ilusão de retina,
íntima
tocaia da pupila
antagônica, mordaz, inconsequente
que a verdade veríssima se negue
e dispa em suaves a fímbria do real
azul azul-real, sussurrariam
(porque veem
porque leem
porque creem).

Mas qual a cor do azul
seu cor –
ação mais recuado em som, sem nome
que escondido de nós não mate a fome
de precisos folguedos, inflexível?
Azul, azul, e por que não
afinil, carídio, issonte?
Azul? não posso crer.
Certo no berço
é costume aplicar-se
e inscrever-se
desde o primeiro passo
e o gesto Um.

Na memória o epíteto –
decora, molda-se, arredonda
a boca, nos segredos e no açúcar
no álacre zumbido
que mais tarde

delibera, emite: azul azul azul
mas não é, e ainda se fosse
como sabê-lo; e haveria
(mais triste ainda que a certeza)
o não sabermos que sabemos uma imagem
como
É:
pureza cognoscível
blau
em
blau
azulmetista
mergulho no indeciso
incorpóreo
rodízio dos enganos deste espectro
que é o domicílio de Morgana –
ao passear na gama do tangível
se imobiliza brancamente em brusco
brando alvilençol de prata,
transparência,
transcendendo
o olhar, a avidez da mão que se estendia
para colher o apetecível meio-dia:
súbita noite sem alarde. Os alaúdes,
os grilos obstinados num queixume
e o escuro, ressentido fumo, a se alongar
sobre campinas menos densas, já
se abeiram do verde! Verdeavam
verdeantemente, que efusão
de clorofila pelas sebes serpes!
Diáfanas, na linfa, ouvi as ninfas
enfáticas, afins, plurivertentes

e cantábiles cantábiles cantábiles:

"pe las cam pi nas gen tis
vo am lin das bor bo le tas
com su as a sas su tis
ver des, ver me lhas e pre tas"

Por isso me recuso ao vosso azul
de mestrescolazul disciplinado.
Azul, como se agarra, quais seus ritos
sua infância, seu aviso, seu comício?
Disfarçado em manuseio nosso e vosso
continuando em mão incauta e inábil
azul azul azul é convenção
ou convicção, fábula ou soma?
Pétala e pétala justapostas
desabrochando em amável conclusão?
Corola diminuta intercalada, intercalcada
em lâminas-macias-expectantes?
Azul? azul? azul?
Azulexemplos, diríeis.

Nas escorreitas ondas o problema
muda de tom, diapasão, matiz.
Quando há sol, parece se instalar
na visão matinal da praia em prisma.
Examinemos: material esguio
propício (pouco) ao microscópico
olhar que busca, espia:
a água, incolorida, se desvia
nervosa, em mil risinhos pelos dedos
deixando uma carícia de lembrança.

Azul, qual a fronteira qual província
qual domínio qual porque qual mau caminho

conduzido a teu adro sempre em sombra
sempre lã refrescante sempre falda
de colina alumiada sob reflexo
de suave memória? A-z-u-l
azulejando o submarino
pátio da infância
monólogo pueril
sob a pesada
arcada
de opressivas samambaias.

Minúsculo refrão azul antigo
e triste a oscilar na azulação
do lago submergindo no passado.
Azul? Sorry parceiro meu,
admiti-lo, como
com que base
com que frase
com que afã
com que turqueza?
Por que não verdear o azul?
Policromá-lo? Vertê-lo em preto?
O roxo azul, o rubro azul
cardim-cardume, cardinalício azul?
Não! nosso brasão é
blau, blau se detona
e fulge, blau vem à tona
colorir aos poucos a resignada
redoma do olhar que se acostuma
a renovar do hábito, seu dogma:
em ul em ul em ul em ul.

PESQUISA

Surgiria o segredo
em fímbria de alçapão?
Que rédea o guiaria
sob qual jurisdição?

(Formigas sorrateiras
cochicham no lajedo:
mil timbres sussurrantes
esquecidos do medo.)

Estaria a resposta
em teus olhos, no enlace?
Seria algum período
de impossível sintaxe?

Ficaria a ternura
presa a teu ar ladino?
Andarias munido
de filtros aladinos?

Ou em tua casaca
e lépida cartola
a mágica se explica?
(Que fitas desenrola!)

Brincaria o segredo
em minha inconsequência?
Se clamasse do fundo
de encoberta carência!

(Ah furte essa florzinha-
-de-lis, só para mim.
Fugiremos em brisa-
sorriso, hein alfenim.)

O que insere nos dias
fundo enternecimento
e acende, circunflexo,
na fronte o sofrimento?

Se souberes, não contes
(há delíquios na brisa)
e num hífen discreto
dissolve-me na lisa

na fosca e distraída
superfície de amar,
que o cristal da verdade
só se irisa no ar.

ELUCIDÁRIO

Se a manhã nos arma um laço
de margaridas de aço
meu bem, eu fujo na brisa
que voa para Ouro Preto.
Eu voo para Ouro Preto
não para filar venturas
que escapariam de mim.
Eu voo para Ouro Preto
na pontinha de teus pés
e com asas de saíra
para antecipar a morte
de meu eu impaciente
nos planaltos impassíveis:
clara cor clarividente.
Essas melífluas tristuras
que esquinas cotidianas
distribuem no caminho
em Ouro Preto se aguçam
a um tal diapasão
que o ser não resiste e cede
seu lugar a algum inseto
cariátide de altar.
Eu voo para Ouro Preto
não no cultivo de hiper-
requintadas regalias:
eu voo sobre ouropéis
a me confundir nos cerros
que se engolfam na distância
no cerro
no cerro azul

de diamante taful.
Azulvoante volátil
para não ser: ser lembrança
de alguém que nunca existiu
não usou vestido novo
não se sorriu nos espelhos
deu mão para namorado
e decorou teoremas
e não amou não amou
e não sofreu, diluiu
os olhos em noite insone.
Ser detalhe de paisagem
galicismo, bem-te-vi
principalmente não ser,
não ser, meu bem, eis aí
a razão de ser inversa
que claudica e se tortura
e que se condensa em verso.
Eu voo num voo curto
surdo preto caviloso
com meus pezinhos dourados
eu fujo de mim nos braços
assustados dos ponteiros.

Marília, Dirceu, é hora
dos madrigais mais soturnos:
eu voo para Ouro Preto
valsando nos meus coturnos.

AS PRIMEIRAS ESTAÇÕES

– É a vida sem charneca
nem vilegiatura.
Sem afago – salina,
alvura de asa
em asfaltsos azuis.
A vida sem nada
que iluda de manso
sem joia aquecida
ao sopro amigável
(reflexo escondido)
de duras ternuras.

– A vida sem verdes
anil comoção
a vida vivendo
abafada amargura
o riso cantando
reviravoltando
protesto tão brando
contra cutilada
de gume exaltado.
A vida passando
morna, cor de carne.

– Mas o que pedimos
são tons inefáveis!

– A vida valsando
por dentro das coisas

se rindo dos outros
de mim, de você
– ironias oblíquas
de si, que a vivemos.

– A vida é que sabe
a que fim irrisório
nos comprometemos
amando versificando
escapando soluçantes.

– E impossível achar
para amor de feriado
um homem quieto e moreno
simples pausado aquilino
sem angústias nem astúcias
sem segredo de família
sem passado repassado
de aventuras meio dúbias
um homem quieto e moreno
para amar em feriados
e dias santos também.

– Mas meu olho olha ausências
dos que já passaram
e a boca se omite
repleta de frases
antigas, usadas.

– Sapatos que sonham
talvez deslizarem
se iludem, parados.

– A vida, caríssimo
tão desiludida
(meu querido bem)
já vai se espichando
num trem de minutos
ponteiro dormente
paisagem de horas
país-calendário
e nada lendário
(oh pelo contrário).

– Num trem de minutos
sumiu na colina
virou pé de acácia.
Você ora é haste
e eu, pétala rosa
caindo no chão.

– A vida, num trem
apita na turva
curva do passado.

– Apita e se esquece
de nós, que atalhamos
com tanta afoiteza
a flor do caminho:
trevo desastrado
e curvo, sob o azul
escárnio matinal.

ALÍVIO

A vitrola ecoa
gira sua corola
desfolhando-se, des-
folhando-se, a fuga
dos colibris pela janela
cerrada no passado:
íris, valsa, memória
carbúnculo da flora
inflexível das horas.

TOM CIMÉRIO

Aos ingaios dezenove
semana atrás de semana
chovia todos os dias
disfarçados em domingos
sem missa nem salvação.

O cabelo iridescente
de serafins ao luar
passeava mil reflexos
de um encanto evaporado
pelas aleias do sono
entre escadas retorcidas
e portas semicerradas.

À tarde, galgos ligeiros
latiam nos milharais
saltavam rios cinzentos
desgarrados e febris.

Miúda cinza afilada
chove cinza sobre os zincos
delicada, e sugerindo
roteiros do carrilhão
que exalou estilhaçado
o fino suspiro aflito
de nossa desunião.

Tocam órgão nos domingos
galgos esguios se esfumam

em ácidas serranias
à procura de um enlevo
indefinível que o tempo
encerrou em sua mão.

E do nada circundante
como grífica surpresa
se adelgaçando em presente
surge a memória – paisagem
interior de meus erros.

III
Convivência

J' entrelace, pensif et pensant, des mots
précieux, obscurs et colorés, et je cherche avec soin
comment, en les limant, je puis en gratter la rouille,
a fin de rendre clair mon coeur obscur.

Raimbaut D' Orange

DIÁLOGO

(parafraseando uma figura
de Milton Dacosta)

– A jovem lacônica
na postura cômica.
– Nós diríamos trágica.
– Mas qual foi essa mágica
de praticar a fuga
na síntese da face
ao rigor que sugere
a máscara, e sua gama
de mais vária expressão?
– E segue a linha pura
retesada em ternura
culminando célere
com o chapéu, a nuca
sem que nos permita
repetir a dama –
severa ou petulante
ela transita e acena
taful rodopiando
(eis o desafio)
pelas esquivanças
de seu tenso enigma.
– Personagem frívola
a revolutear
em sua nitidez
sagaz negaceia
entre riso e choro

e eis nos aparece
sob novo decoro:
maligna, até contrita.
– Correndo, a linha fere
a quina esquiva e fina
onde marcara o limite
de seu fluido passeio
o vedor aturdido.
– E recomeçamos:
– Na trágica postura
a jovem lacônica
em seu liso aparato
agora me aparece
sob tal luz irônica!
– Se insisto, cada vez
acumulo destrezas
que rápidas deslizam
e se perdem em arestas
de seu chapéu preciso –
("não quero apanhem sol"
declarou-nos o artista).
– E assim protegida
por nítidos toucados
eis que vara a matéria
torna-se cor: sidérea –
insinua o segredo
conservando a resposta
da sutil alquimia
em Milton Dacosta.

TOADA MINEIRA

Ai, Itabira, refrão
do não, que na alma se estira.

C.D.A.

I
Paisagem

Miúda, escura, insculpida
entre sombras azuladas
– cascalho e aço do espaço
jaz Itabira – precisa
cartilagem do minério.

Prisma definitivo, Itabira,
afiada embira dentro de embira
urdidura lúdica mas lúcida
veículo e fuga de rupturas
temidas, no entanto, cultivadas.

E a terra ensimesmada ao se negar, depósito
agudo e renitente, esquivo breu solícito
armara em dinamite, ressentido espanto
e zanga mineral o acre desenlace
entre seu rude barro e o ferro que o pesava.

Itabira sempre giro interior
em busca de seu eixo e se perdendo
átomo escrínio de átomo escrínio
de mil cintilações enclausuradas

interpenetração de escuridões
cada vez maiores, conduzindo à
contração enrugada de uma noz
que diminui sobre o linho branco.

Itabira que se enrodilha, ágil
áspide lancinante (e se devora)
Itabira Mato Dentro de Mato
que mata o mato de dentro,
exíguo e avaro rododendro, pétalas
que se anulam, eclipse de corola.
pertinaz melopeia de uma nota
e de uma pedra, uma, de um caminho
de um só protesto aflito mas estoico
mais tarde indagação, rosa do tempo,
fazenda, bois, longínqua voz paterna,
presente justaposto ao acontecido
e a voz sempre no rasto de outra antiga
se quanto mais perdida mais amada.

Casario escuro vozes escuras
e noturnas bocas devoradoras
de batatas terrosas e medrosas.

Olho severo mão retraída
escura escada galeio duro
e cru retumbando em meninices.

convívio Coro esquivo de mulheres
maduras e recatadas,
obediência inteira aos

varões enormes e absurdos,
e a bota-de-sete-léguas
percorrendo firme e forte
os patamares aflitos
qual prenúncio de castigo.

II
Amenidades

Itabira, a esconsa, escolho
do céu azul que se isola,
impossível, no perplexo
reflexo de íris menina.

Itabira chave-dentro-de-chave
abrindo (não a resposta) o mistério:
inesperada a ternura desvenda
o mirante de um súbito matiz
improvisado anil e arisco em ul-
tramarina, furtiva iridescência.

Itabira curva de amendoeira
sob o lento vento, sorriso nítido
calcário e reticente, que conspira
astúcias no minério comovido
lavrando sob a pedra afável mito.

Segredo esguio em argila e água, marulho,
lira frágil, logo avara em revelar-se
ainda que de soslaio ao olhar estranho
Ou mesmo amável, contudo, marginal.

E se alonga, pecíolo de estanho,
sem paisagem, subterrânea,
nua flor florindo para o íntimo do fundo
solo ardido secretamente amado sob
doação inteira e estival e grave.

III
Resquício

Mas Itabira crua e descarnada
quando o próprio cilício desenrola
– feroz – e em contraponto se consome
sob fome de mil dentes e apetites.

O homem dentro da infância
corre nos pés do menino
mas desdobrando em seu grito
voluntário, intumescido
o alarido do ruído
se avolumando, estalido
na madeira tensa e aflita
que se transmite ao asfalto
das modernas avenidas
sob aviso estilhaçado.
E a imagem se simplifica
em mera iconografia
diminuindo, entalhando
em sombra sua aparência
que desabrocha em memória
(longínqua) nesta distância

do lado avesso do tempo
livre de escória e de hulha
mito arisco, voz soando
em claro-escuro, Itabira.

RELAÇÃO DE MÁRIO DE ANDRADE

Amigo, postumamente,
procuro Mário de Andrade.
É dele, só dele a hora
em que ninguém surpreende
a muita amizade esparsa
que se extingue inexplorada
pelas aleias da praça.

Seria inquieta, mas firme
sua comprida presença
condensando-se em risada
no recesso de poltronas
formidáveis, ou em cenários
absurdos, imprevisíveis:
escalando paliçadas,
lecionando contraponto,
jagunço desempenado,
jogral de circo ambulante
sofredor e retraído.

Amigo, postumamente,
procuro Mário de Andrade.
O novo Mário que nunca
existiu, como figura
que me legasse memória

de imagens, situações.
O novo Mário que nunca
existiu ligado à minha
referência e então seria
capítulo acrescentado
ao que riu, leu, conversou.

Por isso, ainda que tema
ser importuna e mofina
darei o primeiro passo
para o convívio cifrado
entre nossa confidência.
Invento a primeira frase
desta longínqua amizade
que se constrói do diálogo
de dois a monologar.

Amigo, postumamente,
procuro Mário de Andrade.
Seria o bardo indicado
para espiar os versinhos
que aventuro entre sigilos
e tachá-los de precários
caso fosse necessário.
E ainda o amigo discreto
respeitador de silêncios
mágoa de amor, desencanto,

mas cultivando a risada
em claras manhãs propícias
sendo escudo, pausa e cítara
de nossa fragilidade.
Seria – Mário – uma voz
no telefone, aos domingos
encontro na livraria
ou pseudônimo em jornal
de Pero Vaz de Caminha.

Oi Mário sutil amigo
que não te confundam nunca
com herói pasargadiano:
não é o caso – caminhas
para uma zona dileta
construída no recesso
de superfícies estáveis,
intemporais, que dilatam
a nossa compreensão.

Procuro Mário de Andrade
riso no ar, certo jeito
de sacudir a cabeça
todo um volume moldado
em fino gesso incorpóreo:
para começo de falas
conspícuas, estendo a mão –

já não estou mais ao relento
de mil desentendimentos –
encontro Mário de Andrade
que sorri franco, de frente:
amigo, postumamente.

Caprichoso Desacerto

HIPÓTESE DE MAIO

Sobre a mesa o relógio
anuncia meu tempo
que se desfaz em crivo
de aflito pensamento.
De que jardins me evado
de que amores provenho
de que enredo impreciso
se armara o que estou sendo
entre meus dicionários
fragmentos de retratos
os rútilos canários
enfunadas cortinas.
Os amigos inquietos
o silêncio a aumentar
concêntrico, severo
em torno das conversas
além da ausência, além
dos constantes afetos.
Resíduos de passeios
em paisagens alheias
empilham-se em gavetas –
cartas de amor nos seus
macios envelopes
risadas e conchinhas
a voz que fala sempre
no fundo da sonata
diletantes poemas
todos concordemente
citando o Coração
ladeado de flores

zéfiros sorridentes
(e os sabia chorosos).
As gavetas estufam
o que nelas se havia
adquire vida própria
um sitiado encanto
e expulsa da memória
de que participava
com escassa competência
eu, que leve o lembrava.
O conteúdo humano
desse ditoso espólio
palpita, e entretanto
– semicerrados olhos
agitar de cambraia –
invencível o sono
se engolfa na dolência.
Sono maior que o escuro
a corromper a luz
diuturna nostalgia
de um sonho, não sei mais
ao certo o que seria.
Coágulo sombrio
adensando-se em zona
fechada, onde me perco
neste mês-de-maria
pensando o que seria
de mim, no dissolvido
rumor que me povoa
sem conduzir à fala
da sempre poesia
sem revelar o muito

de amar que pretendia
antes de antes, não sei
ao certo o que seria.
Mas bem que perfazia
um circuito profundo
onde a primeira imagem
(início e ata fiinda)
que ainda se reflete
é a da jovem correndo
pela campina, soltos
cabelos, e as glicínias
a descer pelos ombros
prendendo-se na boca
primavera garrida
pelo azul florentino.
Na mão direita tinha
uma roseira viva
juritis entoavam
campestres ladainhas
e pela transparência
de sua carnação
via-se-lhe o coração
com um só nome gravado
a rubro, fulcro infenso.
Corria na campina
fantástica, e ainda
posso lembrar que em fuga
amava sempre, e ria.

Iminente Cristal

PROCURA-SE UM MISTÉRIO, UMA CARTA DE MAREAR

Nunca saber frasear
a grave aquiescência
do coração movido
por vosso verde encanto
que corre em telegramas
voa em fímbria de lenço
a esvair na retina
seu mistério em cambraia.
(Hastes breves resvalam
num aflito relógio
que não sabe deter-vos
quanto mais confessar-se
em termos de constância.)
Não possuir farmácia
de branco esquecimento
e alquimias de cura
onde vossa passagem
ao invés de irreparável
ausência entristecida
fosse a clara lacuna
abrindo-se ao poema
risonho, sem mais quinas
a tornar dúbia sua
peralta engenharia.
Sempre em código Morse
(que nunca é decifrado)
remetendo ternuras
que não chegam a termo

(vosso hermético ermo?)
só permitem remorso
transparente derrota
que alcanço de mim mesma
por bem-querer-vos tanto
e tão raro explicar-me
com devida mesura
ou mesmo em desmesura
lícito que o sempre
brincar com iminentes
cristais precipitáveis.
Não saber formular
a difícil violeta
que já foi desperdício
neste mesmo jardim
e era a flor predileta
para vosso retrato –
secreta liturgia
camuflada em ligeiro
sorriso volantim.
Não saber a propícia
zona em que o ressentido
vosso amado existir
solitário desliza
suas mil esquivanças
para tranquilamente
diluir-me em presença
aérea, aérea. Frágil
palavra sem descanso
a não ser o remanso

(em angústia ou delícia)
que trêfego transita
de olhos verdes e certo
discreto bandolim
vosso fatal encanto
vestido de arlequim
(no mais oeste bolso
a dádiva jasmim)
e por finos atalhos
que divirjam de mim
toda uma geografia
antípoda, pequim.
No rosado horizonte
usado para adeuses
cristalizo em memória
mais brisa que corpórea:
em difusos jardins
vou-me adiando a ponto
de duvidar se ainda
existo ou se perfaço
apenas o reflexo
dessa longa saudade
que vem de vós à ilha
onde entre desoladas
sombras que me cirandam
mais tênue que escumilha
penélope entristeço
o avesso de teus dias
ausência – e me desfaço
a pensar em teus olhos

talássicos, austeros
agora, coincidindo
de ternura a desgosto
com o profundo do mar
cimério, verde agosto.

VIGO

em outras circunstâncias

Pedacinho de papel
boiando no mar falhado
no rastro de três golfinhos
dourado singrou o amado.

Sereia a que encantará
seu bandolim bem-talhado
em ais e corais tecido
previne a brisa: cuidado!

Fino é o moço no garboso
Rodeio de enamorado
se horizonte sombra-e-fogo
não interfere em mau chamado.

E segue no mar de longo
(lágrima sempre é passado)
difundindo airoso mote
pelo ar bem-humorado.

Ondinhas – em eco ao apelo
virem marulho em traslado
do roteiro do galante
que foi pelo mar levado.

A CONTRACORAÇÃO

O matiz dúbio da aurora
escorre pelo desgosto
corroendo curva e abraço
em aragem preocupada.

E de nosso compromisso
eis-nos omissos, e os corpos
já se vão distanciando
contrariados, na sombra
devoradora dos sonhos.

GÓTICO EM JANEIRO

Dentro da aurora dourada
as mãos se movem, e é leve
sobre a toalha de linho
a confidência dos naipes.

Pela brancura de nata
em copas os corações
são lançados em arabesco
de pura interrogação.

Entre o céu índigo e alheio
e a ultrapassagem do sonho
as mãos se agitam, é frêmito
sem qualquer pressentimento.

Os apaixonados jogam
sobre o mundo desolado.
As cartas caem, é noite
iluminada de ouros.

Noite doce de leite
em losangos regulados
será noite bem mineira
entre mil cerros gelados.

Os apaixonados jogam
vendados e riem tanto.
enfeitaram os cabelos
de juvenil jasmim.

Mas jogam vendados jogam
a sorte sobre o universo:
na beira da brincadeira
se esquecem do naipe adverso –

espadas – e são lançadas
a esmo pelas risadas.
(Nem vos dissera e sabíeis
que seriam bem malvadas.)

Constelações musicais
deslocam-se com harmonia.
Se pudesse falaria
do homem mais doce da terra

que me espera em Panarea
no fundo de um prado inteiro
crivado de miosótis
e riachos indiscretos.

Se pudesse lembraria
azul oculto no lenço
se revelado a mais prímea
prim de primaverazinha.

Se ainda ousasse apontaria:
Homem mais doce da terra!
Com amores apressados
sua gatinha de bolso

sua florida guitarra
sua nevada província
seu preclaro diamante.
Sua fala quase mata

de comoção. (A alma incauta.)
Que verdes olhos! Que flauta
de almíscar, hortênsia e prata
toca para a enamorada.

E a pálida compostura
branco a branco sobre o branco –
eis porque surpreende tanto
o escarlate coração.

O dia no dia: dia.
Numa dobra vem a noite
súbita sim sorridente
sonorosa – dura rosa

ternuras insuspeitadas
que peço emprestado ao leste
da esquerda imaginação
para deter vossa imagem
neste amoroso verão.

CANÇONETA LEVETA

Não procures tecer de crivos
metafísicos nosso amor.
Ele é lúdico. E não carece
de teu floreio sem calor.

E nem sugere, mais vossa dama,
alexandrinos como desculpa:
só teu perfil, incisivo e breve,
já destruíra a se alguma, culpa.

Eu não espero nem desespero.
Para te amar, fiarei um escrínio
de mais amar, que me dissolvesse
pelas agruras do teu fascínio.

Tênue é a vida, rude o juízo
que determina minha passagem –
enternecer-me com teus indícios
enquanto habitas outra paisagem

MODINHA DA PRINCESA

Terna floração
em campo de hulha
foi minha canção
sem mar nem pampulha.

Nunca fica o gesto
meigo à cobertura
e é sempre a surpresa
como presa pura

que se manifesta
na sentença dura
do que fui de amante
e o amado, de usura.

Dura dura dura
o apelo de seda
chega à estremadura
de alheia memória
        mas sempre a armadura
verte rosa em riso
elmo distraído
vagueia esquecendo
solidão renhida.

Eis pois a canção
que de clave em sol
terminou em solo
de ave musical

onde a dissolvente
fórmula de olvido
floresceu em solo
muito apropriado
(vaga sepultura)
que apraz tanto aos soltos
lírios desamados.

Mariana, 1959

REDONDAMENTE ENGANADA

Vira-se o reverso
da medalha em outra
face vossa, amado.
Leve esquecimento

decanta-se em tempo
do que rias, claro
pássaro num aro
de encantado giro.

Já se esfuma, não
mais adianta, vai
bem-alado perfil
diluir-te no vago

som deste anafil
que soa à distância
da âmbar primavera
pétala-por-pétala

em que flores, sem
ter pressentimento
do mínimo alento
que por ti respiro.

(Frio foi o périplo
e o amor, renhido,
no âmago da rosa
que me construí.)

DOIS DESGOSTOS DE AGOSTO

I
Única saída

My dear Kitty, I have sent you a pot of sweetmeats and a pot of Honey, neither of them as sweet as yourself.

L. Sterne

E era o corpo dócil
no prado vazio –
três tristes histórias
(o amor é tão frio).

Acesa era a praça
sobre os portulanos
os cabelos soltos
pelos vinte anos.

Vento divergente
árido vergel
faça como Sterne:
potinhos de Mel.

II
Campoamor

Pela verde alfombra
pela alfombra verde

fui, madre, louçana
garrir meu amigo.

Pela verde alfombra
alfombra noturna
vim, madre, chorando
gravíssima nova.

(Pela alfombra verde
pela rara alfombra
meu amigo é a frol
que trago no peito.)

Pela verde alfombra
alfombra granada
fui, madre, alba em alta
garrir meu amigo.

E eis que me sussurram
pela rosalfombra
de amigo sumido
no poço de sombra.

Pela grave alfombra
pela fria alfombra
caí entre umas flores.
Quem não sabia dores!

Pela alfombra goiva
sigo noiva e tênue
pela alfombra surda
sem fim deste luto.

tanjo livre o adufe
pelo sempre ausente
mas que agora em mim
e sempre descampa

pelo campo verde
verde cantoamor.

CONFIDÊNCIAS DE UM PASTOR DE PORCELANA

Para Lucinha

Pelas esquinas do sono
há teclados semoventes
tenuissimamente
entre cristais muito tímidos
murmúrios de cassa
veladas cintilações. Ah
quem soprou nossa mobília de nuvem?
À mesa, os apaixonados mordiscavam
açúcar, à noite se beijavam, mas
principalmente dançariam hesitantes
minuetos madrugada adentro, nuvem
                                        nuvem
                                                nuvem
e cristal.

DONZELA, EM GAVOTA

Da vida, o que sugerimos
foi um leve bem-querer –
não muito agudo – o bastante
para esquecer o desgosto
de existir a contragosto.

Da vida, o que repartimos
com lacônicos vizinhos
foram certas ternurinhas
palavras foscas, amores
vazados em discrição.

Da vida, nunca esperamos,
ó magos, as excelências
minutos incandescentes:
a palidez de um reflexo
seria luz em excesso.

Da vida, nos aprazia
tecer o fio dos dias
entre humores comovidos
mirantes contemplativos:
estalinhos de cristal.

Da vida, mofina
vida, nada que fosse
ruptura, desamor
vidros partidos.

E se agora nos carpimos
da ardência desordenada
que cindiu essa dormência
não é a culpa nem vossa
senhor de amáveis correntes,
nem nossa a culpa não é:

A vida voou a fímbria
da renitente clausura
e em mil soslaias mesuras
crivou de garridas facas
a antiga divagação
– marfim, almíscar, distância –
que se esmerava em desgosto
de existir a contragosto.

DENTRO DA VIOLETA

A minúscula ninfa
divaga na piscina:
tênue gota de orvalho.

Eis que chora e descora
a inútil flor dos anos,
de haste assaz quebradiça.

Lança mão da própria
voz que ágil se ilude:
coisas da juventude.

Sente uma dor antiga,
morrerá, se não a der
perdível, na cantiga.

Desventurada lua
se esgarça pela várzea.
cruéis pressentimentos!

Pardais madrugadores
entrecortam de voo
o queixoso negrume.

Surge outro novo dia,
quem sabe? traz na fronte
sonhos mais displicentes.

RECADOS DA CATITA

I
Postal

Ora viu-se a catita
imersa na desdita
de perder-vos nos ares
entre a flor excelente
dos
preceitos salutares.
Debateu-se ante o justo
rigor da vossa ética
maquinara finar-se
de pronto, meio a lélias
camélias expirava
transparente murmúrio:
– Nenhum ressentimento
frisa meu tênue alento
o coração detento
de suave prosápia
galante comentário!
Mas sem que sucedesse
o enérgico episódio
(seu precoce epitáfio)
imersa na desdita
da perda supradita
ela abdicou da tença
de teu gesto, figura
sapiente monóculo.
Desiste por inteiro
da prazenteira hora

a que havia direito
entre as horas sonoras
deste mês satisfeito:
dispor só de partículas
aguçaria a ausência
faria maior vácuo.
E recusando tudo
a que faria jus
seu magro tirocínio
(certo escasso domínio)
a catita solita
cinzela-se em alfombra
além do tempo, sombra
de porosa alegria, viva
o amor à luz do dia, imersa
em onírica distância
a catita
agora que não pede
recebe
o imperecível teu
remisso coração
com asas de envelope
e um lacinho
de fita.

II
Autonatalício

– Do berço aos vinte
insatisfeitos
não há um til
que tenha feito

fugido isento
de mil lamentos.
– Bem feito.
– Do berço às quase
vãs primaveras
(primas deveras
do roxo oitono)
não há palavra
dita ou desdita
que não deseje
ter omitido.
– Malito.
– Se o cavaleiro
Mister Don Pepe
houvesse ousado
suavidades
mister não era
contemplar dora-
dourado avante
a menininha
tão diletante
se amofinando
chorando tanto
ficando fiiina:
– Avante
(hábeis poeminhas).

PROVISÓRIO

Fosse o minuto estático do encanto
e pressurosa fuga no amor (tanto
solventes) que ao espiralarmos, gravemente,
pela cintilação de gelo das mazurcas
o que apaixonados juntos têm de ausência –
fosse a noturna colmeia dos suspiros
e das pequenas luzes do passado
com claridade a ponta-de-alfinete –
fosse o que fosse era a clausura onde
a cidade expande a flor usura, seus desfeitos
seres, tão sem rumo
        ramo
desfeitos, desfeitos
tão enredados nos espelhos, nos retratos, nas famílias
e há quem passe e nem desvende a mágoa rasa
de um coração antecipado a querer bem
quem passe e nem nos pense, o desaponto
é revolvido e tão doído e camuflado
desdobrados
do que fomos para a pura
procura do que seremos
fosse o que fosse haverá
para sempre a transferência
do agora para o epitáfio.
Nada mais é compromisso
e me remeto ao violeta
desgosto de vir-a-ser.
Nada, falei, compromete

meu solitário passeio
por tantos hortos conclusos.
Carícia que inventarei
já é coisa tão passada!
Nada sendo compromisso
versinho que escreverei
já foi impresso no livro
que de antigo se desfez
num esquecido solário.
E neste pequeno filme
de irreverente existir
já nem se distingue a face
da exaustíssima finada
que não quis nuvem de nada:

A mocidade é aguda
feito lâmina iminente
sobre a veia transparente
do vosso pulso loução.
Crivemos pois a alma ingênua
do temível desafio
de tecer fio por fio
o mapa de azul degredo:
cortados todos os laços
e loucos de solidão
mergulhemos nas magnólias
dos bosques opalescentes
deste gelado verão.

TROVINHA

Se para amar
não pedir nada
é pedir tudo
de nós mesmos,
o muito pouco
que o coração
reclama em troca
da paixãozinha
com que amou
já é demais –
se para amar
não pedir nada
é pedir tudo
de nós mesmos.

ARTE DE PARTIR

Conclua-se em levez
todo enternecimento –
transitem os velados
suspiros pela neve
(sei que o menor ruído
pertubaria a indústria
do sonho que se fia
nos espelhos do encanto).
E que o desprendimento
além de leve, breve
maior seja o sorriso
que se diverte e foge
desamorosamente
em máquinas azuis
para o melhor país
das minas de alcaçuz.
Ah os nimbos de açúcar
corredeiras de mel
pastam pelas colinas
ovelhinhas sem fel
pois no mês mais algoz
cai sorvete do céu.
Desfilam serelepes
assim desenlaçados
do terrível contrato
de seu vocabulário
e seu puro delírio
infantes menestréis

Urge que se reforme
o código de adeuses –
não mais cambraias pálidas
na tarde lancinante
e a lâmina da lágrima
suspensa no silêncio.
Se o longínquo detém
numa fotografia
perfeita na memória
quem se ausenta uma vez
que se faça de leve
sua separatória.

(Imperceptivelmente
nossa frágil vitória.)

Airafrol

AUTOGRAVURA, EM ÁGUA FRÁGIL

II

Pelo que fui de riso claro
no estágio de uma primavera
pela doída confidência
impressa em água curiosa
e navegada por estranhos
em sua vã mansuetude
urdiu o tempo o comentário
que para vós é minha imagem:
apenas jovem ocorrência
de olhos risonhos na paisagem.
E com mineira e atra constância
passeio os córregos delgados
em meandro pervago no trilho
dos novilhos de chocolate.
Coração entre mar e Minas
de ligeiro favônio aceno
brinco entre vossa habilidade
de não saber-me (mar ou Minas)
e de tanta fragilidade
efígie de água me desmancho
frêmito leve de suspiro
para surgir no vau tranquilo
do Rio Verde mapeado na
concreta cidade dos morros
onde o universo se resume
no olhar explícito dos bois
e no severo circunlóquio

dos homens pelo território
cinábrio de seu cafezal –
feudo em que o arame é geografia
única de interna valia
e o que o excede é horizonte
onde a atenção não se ilimita:
já é outra jurisdição.
Rios vermelhos e vermelhas
estradas de barro ferido
pelos arados sonolentos
casas de barro, bois de barro
oco, paixão e anjos barrocos
desfazendo-se no passado
como em lenta câmara rubra
a resumir tudo em difusa
mancha de quem encara o sol.
Mas é na ternura do barro
que se molda a fisionomia
das longínquas tardes de infância
e dos atalhos em surdina
onde o segredo era ciência
de perdular-se e não exaurir-se:
mina que sempre revertesse
um imutável diamante.
E como imprimir à feitura
(assim tão sobre o purpurino)
de minha paisagem madura
o tom que lhe ameiga o contorno
e responde pela moldura
que esmerilha em amorosa luz
mesmo a fidúcia solitária

de quem soma seus desconfortos?
Só descerrando em talho doce
certa líquida anatomia
do espelho antigo que escorria
em nós o humor e os estuários
da reserva que é sentimento
das Gerais em qualquer instância
e sobrepaira em absoluto
diário cerrado, nostálgico,
as noruegas do silêncio
onde itinero em singradura
a nave azul deste poema
com leme aberto em madrigal
que atravessa na cerração
mares que nunca saberei
em perdida viagem – meu próprio
longo exílio sem remissão.

BARCAROLINHA

Para Fausto dos Anjos Alvim

Palma fita e flores
para meu reizinho.

Puxando seu berço
de água e de tulipa
venham logo os brancos
sete cavalinhos.

Nos seus olhos azuis
navegam dois barquinhos.
As mãos sob a cambraia
são claros passarinhos.

O rei de meu reizinho
capina amor na roça,
a rainha é esta moça
cansada de cantar.

Mosquitinhos acionem
ponteiros joviais,
movendo o calendário
cantigas de cristal.

Palma fita e flores
para meu reizinho.

Se dormir direitinho
São Pedro vai levar
o menino na praia
tomar banho de mar.

E para arrematar
mil beijinhos na testa
real de meu reizinho.
Palma. Fita. E flores.

Para esse reizinho
dormir bem cedinho.

O MENINO E A CRUZ

Para Celina

Confitebor tibi in cithara, Deus, Deus meus.

I

E como fomos sozinhos
depois que o pastor partiu.
Se nada permaneceu.
Certeza de haver manhã
arroubo, jardim, memória
tudo se desvaneceu.
Como carneirinhos fomos
espalhados na campina
que foi campina e onde o gume
da pedra ceifou a relva
margaridinha e alecrim.
Debaixo da chuva fina
como carneirinhos fomos
dispersados na campina.
E o pastor. – Mas que desleixo,
onde foi vosso pastor?
Em delírios de ocarina
teria seguido a lua
por algum trilho suave
pontilhado de luar
em toada agreste e anil?
Onde está vosso pastor?
vou romar como agravado
ao senhor desta colina
onde a lide se processa

do equívoco e do suspiro
para a verdade saber.
– O pastor? Esse foi embora
e foi muito judiado
por zagal e aguadeiro
por doutor e tecelão
por senhor e arruaceiro,
donzela, centurião.
O filho do marcenerio
em madeira desolada
foi com três pregos pregado
(e foi muito judiado).
– E seus olhos tão afáveis
mas justos, claros, cientes
sofriam com exatidão
cristalizando desígnios
a que chamaram Paixão
tal foi o perfeito amor
em que ardeu o coração
para que o grave penhor
de seu corpo em lenho amargo
se recortasse na tarde.
(Os carneirinhos na chuva
se molham até os ossos.)

Do Menino

II

O menino era levinho
seu olhar denunciava
lembranças mais inefáveis

que o mundo não disfarçava.
O peso de seu destino
já ensombrece a verde infância
e o encaminha sozinho
para o Templo, entre doutores
que no futuro serão
seus próprios acusadores.
Mas entre os fatos
de sua vida, mistério
são seus brinquedos.
Os pés ligeiros saltavam
sobre flor, sobre riacho
contornavam campanários
tiniam sinos secretos
no coração dos lilases.
E como ria o menino
se perdia em florilégios:
haste, relva, e ao dedo fino,
a papoula, o sortilégio.
Mas a cruz, cruz do divino
infante das claras fontes
tecida em madeira crua
deslizava sua sombra
Na sombra azul do caminho.

Da Cruz

III

Repitamos pois o lenho
nos estreados instantes:
raiz e grão, folha, tronco

passarinhos, sensações
de flor, de fruto, de assombros
do primeiro anoitecer
inícios de pôr do sol
plenilúnios, chuvaradas,
menininhos, viração,
na síntese inaugural
das coisas da natureza
a armar-se num desmedido
cenário de redenção:
altura, profundidade
largura mais comprimento,
para o calvário destino
desse amoroso Menino!

Da Revelação

IV

Corria então o Menino
para morrer o rapaz
num imóvel sofrimento.
Saltava sobre o riacho
para ter sede o rapaz
descia o monte macio
pelo tapete de alfombra
para o subir o rapaz
(dividido por três quedas
seu dócil corpo sagrado
que, menino, correria
pelo alegre ajardinado).
Pulso pregado à madeira

que com seu pai aprendera
a talhar, em convivência
submissa com cada peça
do ofício que no futuro
prepararia o instrumento
de seu próprio sofrimento.
Seus quietos pés, ora em crivo,
que sobre as águas andavam
seus braços desamparados
que sua mãe abraçavam!

Da Partida e da Esperança

V

O largo suspiro e o grito
como ficamos sozinhos
espantados, desvalidos
em mil cantigas tentamos
disfarçar o peito aflito
opresso de solidão.
Os carneirinhos mofinos
debaixo da chuva fina
deslizam pela planura:
e o frio é frio e carece
de prece que reaqueça
na campina na campina
que foi campina e onde o gume
da pedra ceifou a grama
a canção, a margarida.

perdidíssimos que estamos
já vamos assimilando
o estado aéreo de folha
que não logra adivinhar
seu percurso, entre galeios
contrários de mil aragens.
E vamos leves, ufanos,
a pontilhar só de amores
esta curta viração
esquecendo-nos da cruz
do pastor, da clara estrela,
dos querubins em ciranda
dos três sapientes reis
e dessa enorme esperança
que ele nos deixou de herança
até mesmo chegue a hora
escura e cava da terra
cogitar do corpo inerte
e em outro difícil horto
vir-se agravar em desterro
o fogo de nossos erros.
Ah pela cruz, pela esperança
até o suspiro derradeiro
entreguemo-nos sem defesa
às delícias do Paraíso,
à paixão, cintilume eterno
do coração do Criador.
Cruelmente martirizados,
em angélicos cimos sustidos
repitamos o nosso afeto
ao longo do caminho em breu

deste vale, vale de lágrimas
onde preciosa é apenas a
seráfica alegria da alma
a cortar o azul como a pomba
que joga sua vida num voo
rumo ao grande sol que à direita
traz sorrindo nosso Menino
numa efusão diamantina
de trombetas, lírios e sinos.

CIRANDA DE ALEXANDRE

Resolveu certa vez
fagueira formiguinha
que ria noite e dia
sair de seu jardim
chinês, e ir passear
em clara pradaria.
E quanto mais andava
mais seu olhar se perdia
a cada maravilha
que o verde descobria
num reino de esmeralda
e devagar paciência.
Quanto mais percebia
com suas anteninhas
a universal magia
da menor violetinha
eis que o gênio dos elfos
lhe sussurrou no fúlgido
eco da viração:
Maria Leontina
é a frol desta campina.
E em coro de palminhas
se agitaram as rosas
num perfumado aplauso
bailando no andamento
da airosa cavatina
a proclamar ao azul:
Maria Leontina
é a frol desta campina.

Nossa amiga, formiga,
tomou-se do desejo
de saber qual seria
esta incrível Maria –
a frol mais leontina
da preclara campina
onde não parecia
possível encontrar-se
nada de mais supino
do que o olhar surpreendia
de briosa louçania.
E foi direta em frente
cruzando a sesmaria
de um horto de camélias
pelo nostálgico luar.
Depara com uma fonte
e um menino a banhar-se
ao canto de um canário.
Bem perto um cordeirinho
– certo de estimação –
saltava pela relva
de natal e algodão.
As gotas garotinhas
tiniam pelo ar
e a leve campainha
do pulaz cordeirinho
soava pela água
tocando a sonatina
prateada de Alexandre:
Maria Leontina
é a frol desta campina.

Tudo se fez de vidro
voaram-se as cortinas:
a feliz formiguinha
mais ditosa ficou
ao ver que leontina
era a alegre campina
contida numa flor
de pétalas de amor.
E nesse corolário
a oscilar pela alvura
brincava o menininho
corria o cordeirinho
tinia a sonatina
do grácil mandamento:
    Maria Leontina
    é a frol desta campina.

FERIRE SIDERA!

I

Eis que o tempo num ápice
fecha sua corola
em sucessivas ondas
sobre meu ser completo.
E vou reencontrar-me
flutuante, na moldura
da cássia adolescente:
um grave pensamento
corre os ares ingênuos
pontilha-se de nuvens
carneirinhos e flores
o céu de musselina.
As palavras espreitam
do traçado de linhas
giram entre volumes
adquirem transparência
ou aderem ao espaço
longe do alcance, a rir
dos dedos curiosos
do curioso olhar
e dos ternos apelos.
Um mundo se debrua
entre mundos diversos –
alípio, filipluma
fogem do dicionário
são rastilhos sonoros
que explodem no poema.

Submersa entre os corais
desse mar cintilante
(formas finas e frias
cicatriz, alarido)
a emoção hesitante
tende a calcificar-se
em resíduo do surto
da ternura, do agravo
ameaçando tornar-se
superfície gelada
do que requer paixão.
Como soprar um nexo
de palpitanete artéria
em forma de palavra
já tão manuseada?
Como sobrescritá-la
mudar-lhe a cor dos olhos
de surpresa em surpresa
conduzi-la a escadas
onde o mirante atônito
seja a nova paisagem?
Meu Deus, estas palavras
brincam a domicílio:
umas bailam vestidas
de ó, sobre colinas
redondas, roda em fuga.
Outras se diluíram
em lagoas de tinta –
peixe de olhos irônicos
perpassam divertidos
com seus mil mergulhinhos

e pequenos ruídos.
Nesse trânsito ágil
libertas, sob o falso
gradil do cotidiano
colóquio da família
como disciplíná-las
prear a irreverência
com que escapam de banda
e nos piscam o olho?

(Assim a paciência
que só o silêncio mói.)

II

Sob a cássia esquecida
não resta mais que a sombra
e a presença que dói
de ser e estar sozinha
numa esteira de mil
e multi mirliflores.
Flui o tempo no fundo
do oceano impassível
perturbam-se os corais
entre a flor do possível
de uma rara ternura –
são humanos encontros
sob o incrível pudor
do amor que se retrai
ao desconter-se: líquido
e concreto hidrargírio.

Amor, sempre o favor
que não o é, se a nós mesmos
o prestamos –nosso irmão somos nós.
E tão suaves completamos
dez mil, o espaço que a um se destinava
que alcançamos o eterno jalne, o campo
sem tempo de um sol e uma só flor: amor.

E em mínimos avanços
cautelosos recuos
inocula-se aos poucos
a temida ciência
de viver. Aquarelas
antes vagas colorem
de positivo prisma
o real e desatam
toda uma insuspeitada
revoada de emoções.
        Irmão
é o poeta e seu pássaro
em que se ateia a fuga
de ar, pela memória.
E nesse itinerário
desenrolam-se gentes
de ternas vozes, faces
numa imensa irmandade
que quanto mais se acerca
mais comove, tamanha
sua fragilidade:
de quem um dia viu
que estava vivo e agora

desprotegidamente
contempla o mundo vasto
o belo mundo verde
e azul da criação
e o mundo dos humanos
nostálgico edifício
construído por todos
os bons e os maus, unidos.
Tão terrível a prova
de nascer e a delícia
de existir não deixando
de ser menos terrível.
(Quem não se comoveu
com a visão da nuca
de um ser humano, ao céu
exposta?)
Exposta ao ar, a tudo,
exposta ao próprio amor
do próximo, submissa
ao raio de seus dedos
à forma de seus dedos
sua respiração?
Enfim, a essa estrutura
que um dia refulgiu
no dia universal?
O pior inimigo
a bruxa, o desalmado
não carregam consigo
um horror consentido
e ao se olharem no espelho
da mente reconhecem

– sou eu – a pobre imagem
numa ingênua coragem.
Quem vive a contraveia
e enfrenta seu desgosto
hora após hora, como
não coroá-lo de flores
levá-lo para o campo
não estreitá-lo nos braços,
cantar-lhe madrigais?
E quem vive humilhado
ofendido, enganado
quem vive pelo avesso
submerso no mistério
da miséria, a não-vida
a nômade, a sem nexo,
que dizer deste irmão
que aceita um tal destino
e ainda mais, que trabalha
para o fazer durar?
Esse, esse o mais amável
e amoroso dos homens
que paga nossa dívida
apesar de credor
que cumpre nossa pena
com direito a juiz.
E a vida poderia
ser tão simples e sábia!
Como a dos retratados
pelo pintor flamengo
no silêncio dourado

de seu cotidiano.
De mãos dadas estavam
bem no meio do quarto
já não eram crianças
mas se amavam de fato:
nada além pretendiam
do que ter-se encontrado.
Cada dia trazia
seu trabalho contado
cada dia era ganho
com o esforço dobrado
dele e dela, e outro infante
repontava na curva
docemente enfunada
do vestido bordado.
Miravam-nos serenos
de seu lar opalino
sabendo-se contentes
dos deveres prestados:
seu amor era forte
como a morte e também
era mui delicado.
Cercados de utensílios
familiares – taça,
espelho, castiçal,
tear, tinham aos pés
numa fidelidade
um cachorrinho branco
e dentro desse afeto
de mãos dadas, com tudo

de seu, atravessaram
séculos nessa arca
de Noé, transparente,
para dar tetemunho
da calma dos destinos
que vivem de justiça.

Pode ser, pode ver
a polpa dos minutos
sem esforço, a escorrer
pela trilha invisível
que todos percorremos
em planos que não vemos!

III

Os objetos são cúmplices
de minha integração
feliz ou infeliz
no mundo organizado:
lápis, faca, tecido
tudo é claro e unido
em torno de meu corpo
esperando tranquilos
a hora de escrever,
de cortar, de cobrir.
Ah mundo harmonioso
e eu que te pensara
um caótico esquema
em que o mais impossível
fosse minha presença

a sofrer no recesso
de incuráveis problemas.
E em um átimo desvendas
o mar que defendias
sob um mar de pretensa
estrutura partida.
Real, entre as imagens
de um exato horizonte
em sol sobredourado
recorto-me em um nome
em santaclara, um rosto
a prece, o divertido
ou tristíssimo humor.
Respiro facilmente
entre duas manhãs
e com que habilidade
florescem margaridas
os jardins que procuro.
Resolve-se o dilema
das palavras fechadas
em seu próprio fascínio
de pensamento errante
pela sombra do exílio
em vertentes de vida.
Vertere, convertere
a cada um seu ofício
vaza a vida em poema.
Clausura, calmaria
enfim esvoaçada
sob toda revelada
paisagem, toda rosa.

Palavra minha sempre
e doce meta física
pelo que tens de açúcar
e rosalgar na polpa
porei sorte por pique
numa vida sintática
de entrega apaixonada,
linguagem
em que um só substantivo
seja vívere e fome
seja verbo e pronome
de inconsútil linhagem
se adjetivando: verso.

(Oi lavra essa palavra
com o buril mais fiel
precipite-se em audácia
seu ágil capitel.
E lavra essa palavra
de modo tão fremente
que lá do alto da gávea
possa o vedor traçar
a feroz disciplina
da mão que a aurilavrou
desde o auspício da ideia
à capitulação
quando os versos rendidos
em auferível condão).

E vou reencontrar-me
na cerrada moldura
da cássia adolescente:

veio o tempo e num ápice
fechou sua corola
em sucessivas ondas
de tranquila ternura
sobre meu ser completo.
As vozes abolidas
revertem ao degredo
latente nos corais
afinal destinados
a alvissareiro fim:
resumo de um destino
usado em muito amar –
além do som, palavra
mais que emoção, poema
veículo do simples
diamante da língua.

FINESTRA DA ENCLAUSURADA

Claridade cobalto
de mar que se adianta
em máquinas de alto
azul, pura faiança

Partida no minuto
daquela intimidade
festiva e cariciosa
em que a praia se alcança.
O melhor do mar
é ser azular
o melhor do mar
é não ser tangível:
resistir ao olhar
e manter-se incrível.
O melhor do mar
é ser impossível:
permitir presença
de corpo sensível
sem jamais deter-se,
transparente veste
sobre a pele clara.
O melhor do mar
é fluir em nível
desapercebido
de incursão qualquer
no fluido tecido
de aéreos pavilhões –
água estremecida

pelos reinos do
coral devaneio.
Pela definida
moldura, pelos quatro
limites que o seccionam
no quadrado aberto
da extática janela
na prisão diária
e abrem
pela sombra adentro
radioso alarme
de alegria, ia
o coração num til
refletindo o inteiro
triunfo da espuma
pulsando, fugindo
da fria pupila
do relógio seu
piscar burocrata seu
rotulado zelo.
Até que em ampla parábola
de um consolo universal
eis que mesmo o pensamento
em meio a azul se desmancha
e o olhar, apenas liberto,
se evade, pequena mancha,
lá, no perfeito horizonte
que justo agora dissolve
discreta, ligeira lancha.

A Flor na Vertical

OCLUSO

A floresta – verde
úmida epiderme.
A capela rósea,
sobre alguma nuvem
a estátua vendada.
Sempre em sustenido
a aérea cascata.
E o trilo do grilo
(no maior sigilo)
exato no musgo:
estremecimento
minúsculo, tenso.
Gotejante linho
sobre os corpos claros
e as mãos em descanso
no remanso tênue
da erva sensitiva,
e os imperceptíveis
suspiros no limo.
E pela pervinca
do plural silêncio
egeu, vegetal,
os apaixonados
restauram o tempo
em um só crisólito
de mudo colóquio
branco e malincônico
fossem duas notas
de velado acorde

fossem duas asas
num voo perdido
fosse o diamante
de duas facetas
(mágica luneta
a frasear o escuro
de encantada luz)
fosse o mesmo anjo
nas pupilas vagas
do desmemoriado
fosse a mesma grave
comissura em que
os lábios se fecham
no segredo incrível
do mais puro amor.

Idílio vaporoso

Ele falava em torres
ela pensava nuvens.
Ele cruzava rios
difíceis, altiplanos,
os sábios pensamentos.
Ela, sirgo e cetim
fiava as camisinhas
limiar da promessa
do menino do sim.
Nos dias tão azuis
a fonte deslumbrada
jorrava luminosa
o excesso claro – riso
desfalecendo em brisa –
morrer, morrer de amor.

ORIENTAÇÃO DO MORTO

... tunc autem facie ad faciem

Meu morto está voltado para leste
voltado para leste o enterraram.
Seu verde olhar, na sombra que se instaura
é precioso
e brilha
entre preciosas lágrimas, a fosforescente asa do inseto
a areia nacarada do cemitério marinho:
festa a armar-se em lúcido segredo
para sua nudez, tranquila, inaugurar.
Coroado como um príncipe russo na catedral de Kiev
na crisólita tocata das trombetas de luz
a esmerilhar em prata crucifixos, reverências, ostensórios,
e o cantochão dos grandes sacerdotes, sob a chuva de
[címbalos
das lembranças de ouro, a escorrer pelos cabelos, pelos
[cílios,
pela mortalha de meu morto sorridente, pelo brocado sem
[vinco de sua pele,
florescente lírio do campo,
meu morto voltado para leste.
Estou ao norte? A esmo? A esquecimento?
Em que espelho nos encontraremos, radiosos?
Ou enlaçados nos miramos nele agora

recém-casados a posar para o fotógrafo em Campos de
[Jordão?

Miramo-nos agora, sim, e tanto
e tão suplicantemente nos fixamos
nessa pungente saudade de nós mesmos
que seu polido brilho nos tornamos
sua retina discreta nos volvemos,
do circundante mundo
na lisa, lisa superfície
refletimos apenas o mistério
e guardamos a resposta do outro lado.
Na lisa superfície, o gume
do amor imenso
brutal
que estilhaçou a imagem de meu morto
condensando-o na essência
de uma perfeita
ausência
sobre mim debruçada com paixão.

Caído por terra
o ansiado contorno da figura
sempre a limitar a nossa entrega
o inconformado retorno da figura
sempre a esbarrar no mesmo vácuo
do corpo que palpita em nosso corpo.
Ambos
caídos por terra
fulminados pelo raio compassivo –
fragmentos de braço, um torso

dedos de mármore esparsos pelo tapete de margaridas
[do templo de Olímpia.
Ah rosto amado, jeito de andar, amorosa curvatura, re-
[trato de
menino ressentido na roupinha de veludo, ah riso matinal
ah jasmineiros
ah boca se pousando
em total veneração por sua dama
na mão concedida em arioso, lento gesto de arrebatada
[entrega.
Ah par vagando ao alaúde, luar de alvos cetins a sumir
[na penumbra
das piazzetas enluaradas de Guardi, ah romance, minueto,
[renda
e berço, suspiros, cromos, casinha com petúnias e
o registro de todos os perigos
que sói apaixonados enfrentarem.

Enterrado
meu morto.
Para leste?
Em mim? Onde, onde me acho e não me dizem?
A roxo, a contragosto, a amor-perfeito?
Alma, que caminho percorreste
até meu morto enterrado para leste?
Caído por terra o limite

o padrão
a posse

a carnação
que unia
e separava
na abissal solidão do desenlace.
Aqui estou, Cordeiro
aceito, pela primeira vez, estar no mundo.
minha alforria é inteira, e o sofrimento
bem-vindo, mas atroz de suportar.
Aqui estou.
atravesso as praças sem nostalgia
encontro quase anjos nas esquinas
querem-me bem, zelam por mim sem tréguas
e me chamam de fada, estrela, pobrezinha,
difícil é amá-los sem perder-me
de meu próprio anjo-da-guarda em sobressalto.
A cada passo e é um jardim, milmil corolas
a suscitar colheita e maravilha
para a contemplação de uma existência.
Sei por onde ando? Nem sempre, há descaminhos, entre-
[cruzados
mapas a conduzir a édens, ou de brusco
surgimos desolados num deserto.

A cada passo um jardim, e as flores ou a vida em disparada?
Relógios de hélice de diamante, a desfechar-se,
jorra da cornucópia um exagero
de seres, de objetos, de mim mesma, dons
que me cumulam e sufocam.

Atravesso as praças, atravesso
em ondulante floresta submergida –
divertida, macerada, ou em claro êxtase
mas sempre de respiração sustida
para tudo celebrar sem extravio.
Nunca um só minuto de descanso
depois de, Cordeiro, ter aceito
buscar teu prado meio a esta ardentia.
E nunca, em toda a vida uma alegria
tão forte presidiu tanto cansaço
gasto no amor de minha serventia.

Sei que um dia ascenderei, translúcida
abrirei os braços, em aquático voo
e mansamente emergirei à tona
para afinal olhar o céu, mas face a face.

Meu morto
meu pastor
meu companheiro
a meu encontro se dirige
do mágico recinto do sepulcro
de milenares monólitos construído.
"Enterrado para leste, à beira-mar".
Assim reza a notícia, qual escrivão
tarjando uma partida num fichário.
Meu morto enterrado
revivido

filho da luz
num ciclo sem estação
                    semprecorrente
onde não mais cresce a bela.
a telúrica, a paciente rosa-dos-ventos
a ensinar o princípio dos caminhos
cardialmente
a levar-nos ao fulcro de nós mesmos –
fora do espaço de sua floração.
Meu morto druida, morto pré-histórico
pré-natal
meu amigo destinado
meu morto em toda a volta
comigo:
aquiescentes, dentro do afã grácil da graça
concordamos (sem mentir-vos):
estamos para leste
sepultados.
Mas corremos em solto arroubo de mercúrio
pelos ares floridos
num vaporoso arremesso flutuamos
de nosso voo tombam
pétalas, venturas, pombas, formam-se
grinaldas de alegria
sobre a cabeça dos aflitos
que inadvertidos cruzam nossa via
                    triunfante

arcangélica, entrecortada de flautas de bico piccolo e so-
[prano,
oboés, panejamentos de nuvem, carrilhões, anjos
abstratamente vestidos da cor rosa.

Meu morto em círculo
ao sol votado
ao divino clarão tornado
ao louco amor que nos chama
clama
desde a queda
desvairadamente seráfico
implorante
violento
a deflagrar a explosão da nostalgia
do jovem paraíso dos humanos.
Num cristalino espelho
a refletir a figura deste mundo
nos reunimos –
no reverso do átomo,
no avesso dos amplexos,
antípodas dos belos e enigmáticos objetos
oferecidos à nossa diária contemplação.
(Se o trivial mais simples é indagado
– um prato de laranjas sobre a mesa –
que não dizer do cosmos, dos países,
das raças, das faunas e das floras
e do homem, divina passiflora?)

do outro lado do espelho
e aqui presentes
eu e meu morto bifrontes residimos –
cada segundo nosso é uma visita
ao que vemos e somos e amamos
ser e ver.
No círculo encantado
unidos e libertos
em universal corrente dos amores
fluindo nas artérias da Trindade.

SINETE

Para Marco Paulo

Não mais lâmina, ágil
sinople em todo o espaço
a correr pelo campo
do noturno cansaço.

E nem cinábrio amor
com dois naipes em ouro
mas que logo se afiavam
na angústia do aço mouro.

Longe ficavam sinos
de recusado apelo
e o súplice presépio
repicado de gelo

pois que a alma excursionava
em outro planisfério
onde mais se aturdia
sua fome de sério

de numerosa luz
a realizar o concreto
na paisagem mosaico
de mil núcleos do objeto.

E as lágrimas a fio
tecendo teoremas
tapeçaria trans-
lúcida em que o dilema

resumia-se apenas
em ter que ser, não ser,
prolongando-se a ritos
de instável parecer.

Nunca a certeza, nunca
a flor na vertical
prevista de uma rosa.
Tudo ao invés, luminal

verdade itinerante
entrebescada em zonas
de pétala cambiante
à flor de várias tonas.

Agora recompõe-se
o oscilante diverso
em máquinas de sim –
eis a jovem e o verso

transumidos ao fim
(alegrias no claro
de uma celíflua heráldica)
desfechado em azul raro.

No limiar do humano
vê-se o tempo e quem lança
e gradua a coerência:
Deus e sua balança.

Um Cordeiro, uma Pomba e uma Fonte

I

AD USUM

O meu ofício é de palavras
que só estremecem ao rumor
do amor.

O meu ofício é de missão
secreta, sob a capa do ar:
lembrar.

O meu ofício desconhece
qualquer das formas de folgar:
sonhar?

No meu ofício é que se aprende
por dentro – terra e ultramar –
a olhar.

Sua alegria é de um minuto
e nada a pode compensar:
cantar.

Entre um minuto e outro perpassam
nuvens de tamanho esperar:
durar.

O meu ofício é de saber
morrer, de nas pedras gravar:
passar.

LUNÁRIO PERPÉTUO

Dos precípites vinte anos
a este lunário, no espelho,
vi meu destino vermelho
por amor partido a enganos.
Que o cordeiro vislumbrado
branca pomba, clara fonte
no fino longe azulado
venham refrescar-me a fronte
venham dar a despedida
de quem quis trazer a vida
oferecida na palma
da mão, em troca de calma,
mas que até hoje se encontra
a sós, com a sua alma.

SENHA

Para acender todas as luzes
é preciso guardar bem certo
ser amor o caminho aberto
da palestra dos corações.

Para acender todas as luzes
sobre o nu fusível no escuro
da pré-história da paixão
é saber é saber bem certo

à luz do branco peito oferto
ser amor a isolada presa
que sacia a fera da noite
a uivar para o céu coberto
(que sacia a fera liberta).

Para acender todas as luzes
comute, comente, cometa
ser amor e amor só somente
a grande nossa estrela alerta
a láctea nossa via aberta
na fulminante, na deserta
luz de mais um amanhecer.

MUDANÇA

A Walmir Ayala

Duas salas de cal me esperam
clariabertas, luz ferida.
Ainda não é a morte.
Outro princípio? O ser
gasta sua vez de viver, e gosta.

Viver de vez –
que amor consuma tudo
corroa em cal toda recusa
toda sombra
que me case
à sua alvura
que o amado
faça em mim a sua casa
Ah bem-querer-vos
amor meu de domingo e retas claras
e de abraços em cúpulas sonhadas
abertas para o mar do céu aberto
como a flor sobe no ar, não destinada
a nada que não sejam suas pétalas
seu caule vertical na luz do dia
num gratuito arroubo de ser flor.
Assim, donatário, te amaria
floriria para ti a rosa nossa
em mim – me habitarias!
(Mas digo não
ao trauma vigilante da paixão,

sua garra, sua devoração.)
Mudança, mudança
sem tardança, há que prover
dona da casa, um fluido, um fluido cúmplice
um bem chegar
que imante portas a colheres, luz à letra,
janelas aos vestidos, silêncio à campainha
a cama aos armários da cozinha, o amor ao sono
há que vibrar o que está solto
numa casa
prover princípios às coisas
perdidas
reperplexas.
Ordenação do caos, presença amante!
Difícil
princípio difícil
nossa fragilidade é tão tocante!
Ah um afeto, um só comoveria, moveria
tão mais em lã a ênfase do esforço
de ser em pé, reunir, mobiliar
com as coisas do existir o branco espaço inerme.
Ser, sem subterfúgio, assumir-me, habitar-me,
depois ser visitada, sempre e sempre.
Difícil princípio no princípio
era o caos.
Abrir os olhos na manhã
Toneladas de cansaço me contemplam
do fundo dessas pirâmides me arrasto
– um alfinete pesa em minha mão –
derrocam as barrocas do desgosto
sobre a cabeça implume a pele doce.

Que importam portas
como fazer
colheres colham, água águe
livros livrem, a luz luza
o armário armárie, o corpo corpe
a alma se anime
como que tudo colha, livre, luza, anime, seja?
Ah vida das coisas, ah minha vida, ah vida
tudo minhas filhas, minhas donas
carentes, exigentes
de meu cuidado, informação, consentimento?

Tenho um cordeiro, uma pomba
        e uma fonte
nos longes azulados
ando longe
ando léguas partidas para vê-los
preciosos, ditosos, tão seamantes!
Curto é meu fôlego, meu amor minguante
curto é meu fôlego
hora de minha morte!
Quem me ajuda, quem me companhia
nesta calçadinha minha minha
neste meio-fio vida e morte
que devo atravessar sem atropelo?
Cordeiro, pomba minha
água da fonte, caminha
me naufraga entre a nuvem
a Florbela, a louçania
da vida eterna! Me naufraga!

Não ainda, não, ainda não,
não.
Enquanto, singro minha mudança
danço minha mudança
minha ininterrupta balança
– onde meu número, minha rua, minha cidade –
danço minha dança
de amor, para o que for
        o mundo
me desmonta o coração com sua seta
ouço vozes lá fora, são chamados
presenças, familiares vozes
feitas para a mágoa e para o afago.
Abro devagar as mãos fechadas.

Elas consentem, e se enchem lentamente de terra.

AQUERÔNTICO

É de noite que os mortos voltam
em sua barca de papel
a roçar a porta do sono
em que inermes escurecemos
mais um dia – pulmão de chama
contraindo a luz da manhã!

É de noite, pela amurada
que vêm se debruçar conosco
e indulgem – apenas sorriem
sem qualquer resguardo, sem ênfase
em ir e vir, em ter partido.

Impressões de viagem? Alheias
como a do perfil de uma dracma.

Remiram-nos maliciosos
pensos de ternura se quedam
em sua fosca primavera,
atrás de embaciados acenos,
pacientes, à nossa espera.

DOIS POEMAS PARA TUBA

1

Morte, verde encosta,
impossível,
não contemplá-la. Sinto frio,
mergulho nas margaridas
– inclino-me ao capricho da treva.
Sentimos, lá em cima,
o vento a ondular-nos as corolas.

> A nuvens pandas
> voga nossa colina.

2

Verde encosta,
frio, frio, impossível
deixar de contemplá-la,
como a um rio.
(À paz da grande relva
que se ondula,
me navio.)

MANEIRA NEGRA

Agricultura do aço e das colheitas de sombra
risco a ferir a superfície dura
com o arado da fúria de maior dureza
        atingir
a buril aquele ponto, o bregma
da frontal memória, das paredes
manchadas do passado
onde corrói amor o ácido
do espalmado gesto, rosto a esvair-se, lento
vento pela mata-em-ser da noite
        a levar ao precipício de léu em breu da noite.

As hárpagas do entalhe vão sulcando
a nogueira, o carvalho, o cajazeiro:
de sombra a mombra
        caprichos da morte
urbe dolente.
        Aqui
Baldung Grien abandonou verdes violinos
        nus femininos
e Dürer
Cranach
Altdorfer
também preferem
ao triunfo de qualquer imperador
o esplendor do crânio, do bucrânio, da caveira!

(Água-forte para
nos assimilarmos

às estremaduras
da existência frágil:
praticar o esporte
de esperar a morte.)

Os tacos do Nordeste, a canivete,
recíprocos à estória de humilhados
e ofendidos que repetem dos folhetos
repercutem os golpes do destino
nos 2 desventurados amantes Milton e Cléa,
Rosa Branca de Castidade,
Choro dos Nortistas no Rio Pau-de-Arara.
Testamentos, retiradas, despedidas
são passados pelo espinho desta vida:
só o Pavão Misterioso faz justiça
ao caboclinho enfim vitorioso.
Litógrafo Lautrec, o lápis risca
com brandura o calcário
do desespero.
O campanário
do castelo dobra
as dançarinas giram
a condessa borda
o moinho pára:
o palhaço escarninho
fraterno
faz que fotografem sem retoque
sua passagem pela folia trágica:
    tempos que correm.

A ocidental gravura é coisa grave
    de-noite,
    escura.

Só brancos absolutos nos absolvem.
De que valeram clareiras de Hokusai
        suas trinta mil madeiras
        com trinta assinaturas
        em noventa casas gravadas?

Hiroshige, Utamaro
com a gueixa grácil, a pescadora de pérolas
a ondularem a brisa da figura
entre cinzentos, malvas, amarelos
        azuis de asa fina?

A ocidental gravura é coisa grave,
urdidura antiga, a Testamento.
Passa-culpas não aturam sua mordedura
        que o mordimento é fundo
        sutura
geme em paus cortados, sangue derramado
outra vez homem-coisas da natureza
        mistura fremente
        socorro lavrado
à proteção de induto sacrossanto
contra a malícia do falido serafim
        Lú ci fer
no espelho girado, esfacelado da maçã,
da casa, do céu claro. O rosto humano
feito perfeito e liso como a água,
        desmanchado.
Lúcifer, machado
de toda
        inteireza de beleza.

Gravura, luta mais funda, mais incusa
ao olhar de quem só vê a face clara

da medalha da alma, e nem suspeita
o adverso reverso do negrume
da desfigura, nos lanhos e nos talhos
vestígio doloroso da passagem
nossa, pela terra gravosa.

Sombra e luta
na linha de luz
        seguir
o fio do mundo
folha volante a dizer
        divino amor
alfa capitular
        ar!

Sombra e fumo
linha de luto
rumo pedido:
carta de tarouco
roleta do esqueleto
        com sua foice
do pendurado
        com sua forca
em que se joga a passatempo louco
        aos astrágalos
        a suave vida.

Piranesi prende-se no cárcere
das novas invenções.
Gravitam mil escadas sem saída
pelas ruínas de Roma. O caldeirão
do inferno crepita. A arquitetura dos círculos
        se agita.

Goya
desventurosamente
Francisco mergulha no pretume
no súlfur da morte
a brunidura
de viver foi nele inversa
ao ver Espanha, sua Espanha, não de ouro
mordente,
mas de sangue. Coagulado capricho
trágico disparate
morte de bicho
miúra flamejante
a sacudir as banderilhas da loucura.

(Só para Rembrandt, e por amor dela,
é que Saskia sorri da janela.)

Dias de Goeldi:
arredia goela da noite.
casas, peixes, ruas
puxam
para o relento
do medo
do abandono
do sem-sono.

Donzelas de Marcelo
perseguidas
a face do mistério
erguem
velidas
para o espelho secreto

de seu monstro
que cativo as detém.
Que espera ele?
Um dia ser correspondido?
Donzelas de Marcelo,
orai por elas.

Quem as livra
do cativeiro?
Quem é príncipe
e cavaleiro?
Quem enfrenta
o dragão guerreiro?
Quem traz filtro
de justiceiro
para tirá-las do enfeitiçado
paradeiro?
Quem socorre
o outro eu traiçoeiro?
Quem põe vida
em lugar de espelho?

Pela goiva da lembrança
pela estampa
da viagem dividida do presente
dura a gravura o tempo de sua investidura:
dióscuros no vaso ateniense
a despedir-se do velho, do menino,
o cavalo à espera. Os vultos negros
RUMARÃO AO FUTURO IRREVERSÍVEL

Amante da Natureza

Árvore: ar verde!

SALA CECÍLIA MEIRELES

Cecília,
tua casa agora é uma ilha
frente ao jardim antigo. Obeliscos
próximos perfeitamente te guardam
e anunciam, entre a família das árvores,
tua pureza solitária, a erguer-se em cal.

Cecília,
tua casa agora é navio
de argamassa e alvenaria
branco e azul, musical.

Cecília
de sete jardins
        suspensos
habita agora a escala
absorta
dos sons a que se move seu navio.

Navio de grande calado
ele singra a Lapa, feudal,
e a figura de proa, sabemos
invisível, deixa estendal
de finos gestos, formosuras,
olhares claros, refloridas
frases de leve doutorado
a exercer visões profundas
sob uma graça oriental.

Cecília,
entre lótus,
Meireles,
frontispício de dois acordes
é a ideal anfitriã
que venturosa propicia
ao visitante uma precisa
música, um retrato
trágico ou risonho, máscara
oportuna a animar-se entre
as quatro palavras mágicas
de sua sala de visitas.

Cecília, Cecília, padroeira
de teu navio sensitivo
por largos mais amplos que esse
de tua casa transitiva
vem buscar-nos, singra conosco
rumo àquele ditoso país
de cordilheiras e murmúrios
que já habitava à distância
por um espelho de suspiros
e ausência – lá onde o tempo
era redondo e o pensamento
um acidente feliz.

Visita teus visitantes
com os ares da tua graça,
com jeito de quem não quis

sobrevoa-nos pela Praça
Paris, ó maga de fugas
precipita-nos
pelo teu mar absoluto
adentro,
intransigente Cecília sem luto,
a proferir na alvura,
alta (poesia)
a indestrutível palavra cintilume.

O AUTÔMATO REBELDE

Na escuridão
viam-se seus pensamentos
partindo como pombas.

ESCULTURA

A múltipla, totêmica asa
que passou, vaza o espaço agora
com a memória região que vai
de Almeria à Guiné, rolimã:
seu rastro é levíssimo
        alado fóssil
detido pela mão da artesã
em pleno ar – que nos compraza
voar com ele, em nossa casa,
ao primitivo coração
        do homem
relançado
        e nu, na criação.

BANDEIRA DE PALAVRAS AO VER PASSAR OS ESTANDARTES DE MARIA LEONTINA

Estendal de amorosa cor
empunhado por um momento
vagarosíssimo, infinito
pela porta-segredo
quem sabe delícia e degredo
a trazer mensagem urgente:
é preciso nos rumorosos
tempos que correm – de medo
amar a quem leva o estandarte
pelo ar da alma – essa a arte
da paz, a da verde palma.
Panejaram-se os estandartes
em imagens, palavras delas,
e os que vi, no voo das páginas
estão inscritos na lembrança
e prismam a mensagem vária:

I

pássaro num eixo de voo vertical
– ir para cima! –
branco de nuvem e de altura
relva dos verdes da terra
ele sobe

II

feito de árvore e de rio
coleta da natureza, pétala levantada de acácia,
sensitiva e trevo, rosado de cristais,

de pedras escondidas,
para nós, lacrados no grande globo plástico
urbaníssimos
acena o ar livre da paisagem
chama

III

altura celeste
vertigem escura
o bem? o mal?
Maior, o campo do azul
para que semeemos

IV

insígnia lanhada de laranjas
veio de veemente batalha vitoriosa
é animoso e pando
leva para a renhida vida
de quem quis escolher a claridade

V

no topo do navio real
e vela verdadeira de seu rumo
a impelir para mares mais profundos
esbate-se, esfuma-se ao atingir o seu destino
sua passagem é uma caridade
leve de cinzaverdeazul

VI

pássaro rubro a desfechar-se
para o vértice de voo apaixonado
perdido em amplas asas desdobradas

VII
ah o estandarte-sudário
cruelmente atravessado de negro
seu vermelho
ele avança
no ar aberto
(por amor)

VIII
eis um azul que tem
o coração
denso e oferto a outro azul mais denso:
(os vermelhos gotejam o que penso)

IX
que dizer do que sobe
de que sombria região
por dois rios cortado
veja brancos de angustiados *gneiss*,
geleiras,
seu fulcro negro
aparição assombrada, lutuosa
no rastro de uma sombra de Virgílio –
e só o azul o move para o alto

X
alabarda,
flâmula vermelha
feito para a guerra
para a escolha
de quem sabe a terra

XI
bandeira distintiva deste mundo:
janela azul
onde os verdes se arrumam devagar

XII
azul cinzelado de cruz negra
chuva na memória
a escorrer azuis e negros
desfila para insistir
e insistir
        (do lado de fora)

XIII
roxo, cristófano e barroco
pendente do vermelho
da paixão de Nosso Senhor Jesus Cristo
seu som é rouco

XIV
desce em faixas livres do céu
obra de santo delicado
        para a festa do vento

XV
ergue claro arabesco
a nos lembrar que o coração
do dia pode ser laranja

XVI
o ato de viver vem dividido:
metade tarde verde
metade manhã romã

XVII

o que sumiu nos ares:
só temos agora
seu recado azul

XVIII

prende as cordas do violino
a lembrar no silêncio
a gavota violeta

XIX

boi esquartejado, o puro
sacrifício do contemplativo à multidão

XX

estandarte de espera, nele
nos envolveremos, vi-
veremos e passaremos
rumo à musical celeste esfera.

FÁTIMA

Cintilou a moça de prata
entre terras intramuradas
entre campos de pura pedra
entre pobres, puros meninos,
sob uma árvore pequena.

Na grande praça,
        em meia-lua,
a crescente, clareada presença.

À meia-voz são relembrados
sua visita, seus vestidos,
Seu chamejante, amoroso aviso.

O céu azul, a pedra branca:
meu coração intramurado!
Penitentemente
corre água das bicas.

A basílica
no meio da praça, pomba
que pousou,
um segundo, no mármore.

MANDALA

O céu é uma árvore azul
a nos girar pela redonda
sombra deste mundo.

Os pardais revoam pelos anos.
A tudo assistimos. Gotejam nossos cabelos.
A qualquer momento, a chegada
        ao grande sol do centro, quando
partiremos?

DEZEMBRO, NA AMPULHETA

O perfume dos pêssegos
trescala ao ar da tarde.
Os gonzos do verão
soam o alarde do sol.
Olho o mar de Ipanema.
Como a onda, resvalo
por outro dia, ainda.

ORDENS DO MUNDO

Coitado do camarada
que não tem sol nem sereno,
isto são ordens do mundo,
é mundo, vamos viveno.

(Popular)

Na vida cravada que
tantas vezes Deus nos dá
(será sofrendo que a chama
consumirá a erva má)
vim dar num lugar escuro
redorto, petrapertuso,
e nesse perdido longe
passo tardes cismarinas
a pensar, a repensar,
minha vida, onde estará.
Bem sei que seu belo viso
a parca me esconderá
e o que agora estou passando
meu quinhão consistirá.

E quem pedra sobre pedra
vai levando o edifício
que jamais habitará
quem fica pedra por pedra
a rescavar do negrume
o vácuo de obtusa face
transitando cegamente

com a pobre carga do dia
ao cume do miramonte
para espessar a parede
que o mundo lhe vedará
– quem sabe Deus num repente
clarão arderá de dó –
soará clara a trombeta
do arcanjo, púrpuro vento,
e os muros de Jericó
se esboroarão em pó.

Longa é a vida, longavila
porém é Jerusalém.
Há muito de maivalensa
em meu próprio querer bem.
(Há mil olhinhos marlansos
a espreitar nossos descansos.)

E vou passando com as tardes
que passam, e fico só –
como planta consentida
vai-me macerando a mó.
Aceito, e cada minuto
se escoa para os espaços
eternos – e estou aqui
como nasci – despojada
do que quis e que não quis
pois penso que agora sou
um dia a dia de Jó.

Sou agora
meu corpo
aquiescente
de seu passo, de seu peso, de seu prumo
a adiantar-se
no ar desprevenido do jardim.

Repouso meu nome, minha história,
neste jardim deserto – território
que usurpo ao que era
antes pura paisagem.
Sou sempre agora.
Nada, tudo acontece?
Minha atenção me exaure,
minuto, molécula
de mim. Resistirei?

Como as tulipas no canteiro
a saudade dos mortos
o santo na colina
os amantes na chama
o assassino na esquina
qual tênue fio
de cabelo
contam-me,
e obedeço.

Não sei por onde vou
e há que amar o abismo.

No ar
delicados
divinos dedos
retêm a lancinante espada.

Que tênue gesto
entre o inferno e este jardim!

A queda vermelha, o corte,
reverberante sangue do cordeiro!

O paraíso –
jardim, sem fim.
Deus era louvado
pelos céus lavados.
A criação? Era um concerto,
o pensamento, um passarinho.

Terrível, belo mundo,
viver, poço sem fundo,
aquiesço, duro, padeço.

A morte, janela aberta
sobre a travessia no espelho.
O que tem de melhor: é certa.

Se ao som da pura trombeta
em asas de arroubo subirei
para o amor que tanto busquei
– Cordeiro, Cordeiro meu –

que importa, agora contemplo
o muro que vou fazendo
com cuidado garantido.

Construo o melhor que posso.
Se me equivoco de ordens
na treva será o mesmo
o som de meu responsório.
Que o vestígio transitório
da viagem versa-via
meu corpo – descansará –
tenho fé que docemente
a terra me cobrirá
e que a alma candente
em barro
divino se moldará
e que meu pai para sempre
e sempre me abraçará.

O DESEJADO ESPERADO

Entre as duas transidas
luas
de amor deste calendário
(a primavera sofrera
a que o cordeiro vislumbra)
entre tantas idas
e vindas
a esperar pelo sol
que desce
pela copa da amendoeira,
uma claridade inteira
fica um menino de ouro puro
fica um menino de água clara
água dourada de menino
a brincar de música com as páginas
deste diário, e que de repente
segura o globo em sua mão
e ilumina a escuridão.

II

Primavera Precípite

BALANÇO DOS VINTE ANOS

Dizer a flor da idade
a síntese minguada
de concreto e ficção
assim entrelaçados
a nos cristalizar:
o pouco – o fluorescente –
em muito: esta emoção.
Os prismas diluindo
real em relativo
constroem a paisagem
em torno da louçã:
vida vargem florida.
(O inverno é rubrica
de prata, imponderável
mal se arrisca em prenúncio
sem chegar a certeza.)
Terrível primavera
as promessas acesas
em cinco ávidas ânsias
que não passam da infância
no seu desabrochar.
– É a conduta humana
a quem deveis culpar
doutores de Alzaar
já que foge de amar
quem em vez de amor, dá ar.
O paladar reclama
suquinhos e temperos

mas o seu exagero
de ótimo o consome
e o isola na fome.
Caricioso olhar
quer fundir-se na fímbria
da harmonia das cores
que navegam o espaço
no bojo das figuras –
investiga e desola-se
ante a inútil dinâmica
sombras, corpos, flores
ausentando-se em sono.
As mãos desejariam
ser brandas portadoras
de excepcionais infantes
valencianas e cassas
voando em transparência.
No limite barroco
da província trocista
dos eros em ciranda
estacam reticentes
e sempre: flor latente.
Aroma serafínico
prezou sua atmosfera
os incensos fugiram
no bolso do delfim
e o ar indiferente
é insípida fera
que nos fere com paina.
Música? Só de Mozart

e Bach, insopitáveis.
Mas há (íntimos) leigos
sempre tédio, memória
a acionar mudas cenas
lançando em desalinho
rosicler, minueto.
Que fazer desta vida
primavera precípite
em recreio de amor?
Vida vargem florida.
E a palavra aturdida
na ausência multicor.

Simples idílio

Primeiro foram suspiros
sobre o mar adolescente.
Tímidas fitas ao vento,
silêncio de sobreamar.
Depois a grave promessa
meio à nave iluminada:
a santa se entressorria,
elos fundiam-se: eternos.
Sob o céu, o esperável –
pesar de corpo se armava
junto à figura da amada.
Sentiam-se pássaros tépidos
a palpitar, mãos em concha.
E na estação da eglantina
cobriu-se a terra amorável
de frutos pensos, pesados.
Deu-se a brusca transição
(meia-noite em pleno dia)
e já o infante floria
em cambraia e claridade.

FINAS PENAS DE AMOR

Quando você falava
falava de amor
(mas quanta mentira
tecida com linha
sincera e furtiva)
e eu me comovendo
cruzava as mãos frias
batia depressa
o quente coração
imóvel, calada
vibrando na sala
voando por cima
de toda a cidade
gostando de tudo
que nela se esculpe
pisando com plumas
calçadas macias.
Quando você falava
falava de amor
Carlitos entrou
depois de você
e deu uns risinhos
bem dubitativos
contrabalançando
o enternecimento;

e com seus passinhos
de papim pardal

sumiu no jardim
bordado em moldura
de róridos cravos
que você inventara
no inverno pra mim.
Quando você falava
(mas de que falava?
ah falava de amor)
inquietas partículas
de pó e respingos
dançaram quadrilhas
bemóis, coloridas
no vão de janelas.
Para nossa delícia
(para nos comover).
Quando você falava
(mas teria o amigo
tão esperto e arisco
falado algum dia
de alfaias comigo?).
Seria um momento
de triste fatura
de funda canseira
que se construíra
em lapso amorável
criado por mito
muito desejado?

Como deslizamos
em rútilas jigas.

Ora com silêncio
muito comovido
ora no meneio
olhar de soslaio
ora o galanteio
mais encabulado
que nem ensaiavas
mas eu pressentia
pelos escaninhos
de olhares aflitos
que nem um corisco
lépidos banidos
ao ceder lugar
a sentimentos brandos
e mais escondidos.
Quando você falava
falava de amor
(o vento zunia
favônias melodias)
bem que me lembrei
(*when I am dead my dearest*)
de sonetos ingleses.
Ágeis ironias
corriam seu perfil
desencanto doía
sua boca severa
que dera em demasia
e perplexa esperara
pelo que não tivera
de suave e quimera.

Quando você falava
dessa conspiração
tão meiga a nosso trato
veio um mosquitinho
roçou em seu cabelo
(cabelo de menino
fininho, macio)
fez uns sinaizinhos
matreiros pra mim
com suas patinhas
de afável nanquim
– código de asa
e aérea membrana)
sugeriu possíveis
e claros passeios
debaixo da chuva
profetizou por meio
de mais artifícios
projetos de fuga
em nuvens de afago
a se perpetrarem
em uma galera
de velas vermelhas
(velas sem promessa
que extraviaram
em afinco mofino
rumo a triste destino).
Sua imagem coava
em areia e cimento

na praia na avenida
quietude e rodízio
fosse em uísque ou esquife
sua imagem coava
sem fim esta paixão.
Em charrua, no campo
você se alteia em gramas
vestidas de mistério
e jovial intriga
que a terra insinuou
sobre os homens e suas jigas
grotescas de desejos
facas papéis alaridos
hormônios e patrimônios
de ar, ou de metais duros.
Patrimônios regidos
por farsas e pavores
de capetas vermelhos
que mordessem com brasa
e privassem de brisa
que ensaiassem agulhas
nos tecidos cuidados
de sua arquitetura.
Patrimônio e jigas
governados mais por medo
incoerência irrisão
que por mansa ternura
justeza, humor satisfeito

em saber vida uma lida
mesmo não valendo a pena
nem contada por solstício
de alegria dilatada
mesmo não valendo a pena
mas sofrida com esmero.

Eis o que a terra narra
para as relvas-boninas:
miúdas cimitarras
de ponta para cima
que espetam o ar
e desprezam o tempo.

Mas nós, valeroso
inventando colóquios
que não esclareço
escapamos ilesos
desse ambíguo enredo.

Em livro e em nuvem
mosquitinho previu
deleites e monções
película de hora
usada em carícia
em deslize pausado
de cisne no lago

em todo violino
no rio Serpentina
sua voz voando
fluindo sorrindo
havendo de amor.
Ah que redondilha
tão sentimental.
Até imagino
seus passos (cautela!)
correndo jardins –
nítido compasso
para algum idílio
bem medieval.

Trinado maroto

Que amor tirano
quando fino
é mesmo cantiga
paladina.

Como supre em alegria
minhas esquivanças
e como precipita
estas frágeis andanças –
com sininho implacável
de tão límpido e claro
tilinta essa alegria
especialidades

tão miríficas sim
que mal as posso haver
inábil que nasci
e dona grata, mas falha
para tanto benefício
prestezas celestiais.
Quando você falava
falava de amor
veio um mosquitinho
roçou em seu cabelo
fez uns sinaizinhos
com suas patinhas
– código de asa
e fina membrana –
e deixou-nos sozinhos.

MORTE EM AMOR DINIZ

E ainda amor. No anfiremanso
a tepidez era alarmante.
Pelo silêncio malvaemanso
vossa ternura meu cansaço.

Rubra palavra irressoável
(bastasse a brisa no vestido)
e em maciez de branca lã
o coração reconsentido

não só porque fosses um tal
e tão esplêndido rapaz –
antes ainda para viço

deste funesto madrigal
que tem por discutível paz
ferir-se no aço mais castiço.

MODA CONVENCIDA

Passa a nuvem nas aguagens
Que refletem seu voar
Tu, como as águas, esqueças
Meu branco sonhar de ar
Não porque eu não te queira
Mas por me teres paixão.

O barquinho deixa o cais
E some na cerração
E eu rogo-te que me acolhas
E não me faças ao mar –
Mas sabendo que o destino
Me navega à traição
Não porque eu não te queira
Mas por me teres paixão.

Antes que a noite derrame
Sobre mim a escuridão
É preciso vires logo
Me levares pela mão
Não porque eu não te queira
Mas por me teres paixão.

Eu te juro amor perfeito
Luares e capelinhas
Mas quando menos suspeito
Em paragens escarninhas
Me vejo posta. Por isso

Pelo sim e pelo não
É que te ponho de aviso
De minha contradição:
Não porque eu não te queira
Mas por me teres paixão.

O MENINO AZUL

To you, my son
king of your blue eyes

Dylan Thomas

Nunca pensar, paladim
que a menina poderia
respirar a manhã, ia
mas se afundar no sobrosso
de poço do desconforto.

Aspire o ar da montanha!
Medite efebos galantes!
Dance a grande valsa acesa
os corpos sobrevoando
varandas escurecidas.
Vá e volte, salte, grite
Martim noves fora sete.
Há dois que ficam de resto:
O supra amado Martim
E o menino de Martim.

Como é possível
sorrir de manso
venerar tanto
santos recentes
se o meninoíno
de Martim reclama
seu lugar na chama
arritma do mundo?

Outros meninos
não nos convêm.
Só estezinho
de olhos azuis
de azuis cabelos
do blau fascínio.

Se contemplo o céu
bilros invisíveis
tecem a rendinha
de sua camisa.
Precipito-me longe
e escondo-me das coisas
pela porta do sono.
Inútil volteio:
eis que o encontro crescido
em imprevistas fronteiras
a subir nas mangueiras
do pomar cintilante
ou num páreo de renas
risonhas com seu pai.
O menininho
já vai-se embora.

A triste dama
quer ensinar-lhe
seus mil carinhos.
Quer espiar
sua alegria
quer evitar
seu desconsolo.
(Ah se soubessem
como ele é frágil!)

Quer o seu choro
solto, no quarto
quer as mãozinhas
nos seus cabelos
mais a cantiga
que cantaria
mais a alegria
que inventaria
se este menino
de olhos azuis
de azuis cabelos
do blau fascínio
não fosse mito
tão interdito
não fosse réstia
de uma esperança
não fosse gota
de água no mar
não fosse pérola
de aéreo colar
não fosse o não
no seu coração.
Alferes todos
vão é o convite
paliativo
para a promessa
de outros herdeiros.
A gente nunca
busca o que tem:
outros meninos
não nos convêm.

TECLADO

O piano amarelo toca,
mas onde o canário.
Borboletas de sombra,
portas e lembranças
a abrir-se, a fechar-se.
O leque de espelhos
gradua o miramundo:
escolho, esqueço.

RELÓGIO

humour, a contrapuntal bore

Ian Fletcher

Aurirróseas platibandas
refúgio de rosicler.
Houve (isso é certo) momentos
de prestígio do sorriso
filigranado, mordaz
a fundir situações
de anjo e de ferrabrás.
Houve, sem sombra, momentos
favônios, enternecidos
pelo alvitre de cristal
do cativo coração.
mas hoje aquilo que inclina
sobre a mesa a jovem nuca
– fragmentos de luz difusa –
o que o silêncio perscruta
são os círculos concêntricos
do respirar contra o tempo
a perpassar no minúsculo
minuto que a clara vida
constrói em fria clausura:
farnesim, ciranda excêntrica,
airafrol do amor corrente.

ARTE DE VOAR

Na pessoa de Garrincha fabuloso e nestas circunstâncias, a A. saúda os ases de Raasunda

Ave, garrincha
do voo leve
ora na frincha
de aérea trave
ora na pincha
do campo em gol.
Voa seu voo
mas tão maroto
que nenhum passo
preto ou garoto
passa o ligeiro
sota-piloto
do pé direito:
ágil canhoto.
Ave? Garrincha,
mais do que isso
antes filho
deste maciço
país sereno
que em compromisso
de um vasto coro
saúda o feitiço
a fé e a garra
de teu serviço

ingênuo, hábil
e até castiço
no seu profundo
verbo vibrante
de auribuscada
verde vitória
no aro concêntrico
que envolve o mundo
desde seu fulcro
de Raasunda.

DAFNE, OMISSO

Mão que alisava o papel,
gotas de chuva pelo rosto!

Ficasses para sempre partido
a pastorear pombas, ou peixes
numa fazenda só de brumas
e bucólicas frondes de ameixas.

Melhor do que a recalcitrante
presença, onde perdidos passos
em grandes quartos ressentidos
vão-se afastando pressurosos
das interiores tardes, tão doces,
tardes à luz da lamparina,
onde corpos jovens não deixam
de ser, porque existidos,
claros frutos se oferecidos.

GRAVE ALVURA

Ferida de goiva
a superfície noiva.

Torna-se granida
qual coisa vivida
a matéria ontem
a sonhar-se, absorta.

O ácido possessivo
morde o amor do aço
melhor que o passivo
sonegar-se ao abraço.

Para disfarçarmos
ser gravura um luto
é que a aliviamos
de branco absoluto.

Sua prova é grave
de terra, não de ave
transvoada em alvura
de nuvens alturas.

Brunida a paciência
manchada de branco
carrega de preto
sua penitência.

Qual noite polar
que uma vez aclara

surpreende o olhar
com vermelho raro,

um verde, invasão
logo erradicada
pela exumação
do breu, do carvão.

De matéria: noite.
De maneira: negra
não se acham saídas
em sua fronteira.

O gesto do artista
aberto no corte
continua rente
pela nossa veia
a sangria escura
feito uma água forte
para o ávido delta
do hades fatalista:

grávida de morte.

TEMPOS DE BELOS HORIZONTES

E era quando eu sorria
sob o gume da perícia
gelada das madrugadas:
eu levíssima sorria
ponderando este desgosto
acirrado mas gentil –
evitar um bem-querer
que irisasse vida em par
com radiosa presença
de amor –
experiência de flor
que não viu o sol se pôr.

E era quando eu sorria
esmiuçando lembranças
escondida sob os hábitos
de um factício dia a dia
pois eu profunda sorria
em outras distantes delícias
e andava milorde meu
mesmo muito apaixonada
pelos jardins reticentes
das altíssimas igrejas
que escolhia por recreio
em penitente passeio.

Era o tempo do frio, frigidíssimo
frio em núcleo
e superfície – o tempo

do escaldante coração.
Na cidade quase alpina
onde o céu se definia
em veleidades de eterno
e retinia, epiderme
de gelo sobre a manhã,
suas tantas transparências,
pairava minha emoção.

Era o tempo em que eu sorria
do muito frio que havia
polarizava o olhar
em casas voláteis, alvas,
fragilidade moldada
em incorpórea argamassa –
as casas, com suas asas
de sombra e riso noturno
que a noite maior riscou
flutuam e rodopiam
na aresta do gesto esquivo
das avenidas, no abstrato
asfalto de mil ladeiras
sem cume, escalando céleres
o ar retráctil, num suspiro.

Era, em alígero, o tempo
de meus anos dezenove
que se envolviam insones
na bruma da madrugada.

Ao se fixarem, ocultos
na polidez dos espelhos
os olhos dos dezenove
surpreenderam discretas
secretas flores ternissimas
debruçadas na memória
de uma encantada retina.

Nuvenzinhas sorrateiras
entravam despercebidas
pelas fechaduras pela
clara janela de julho
(ah nosso leve cardápio
de brisa e ventos alísios)
ou se fincavam no agudo
campanário das igrejas
(bom dia, dia, bom dia).
Me agito na intimidade
do mínimo e do geral,
no átomo da arquitetura
dos seres e suas mais
prístinas rondas me infiltro
participo dos fenômenos
atmosféricos, domésticos
já sou a chuva descendo
pelo rosto comovido
já me estilhaço no copo
que caiu de vossa mão
sou violeta: relance
de vosso olhar na florista

seu ponto final, fui eu
que de longe arrematei.
Amor me recorta em tudo
sob, aquilino, seu corte.

A intimidade que havia
entre o breve passo e o asfalto
eu e minha comoção.
E pelos trens, pelos bondes
passageiro, viaje em paz
que Deus vai sempre conosco.

Mas Deus não estava comigo
flanava entre serafins
e meditava severo
matizes roxos, desgosto –
em meu sorriso perplexo
meu vestido cor de carne
e minha triste paixão.

E se era o tempo do frio!
Passeios em branca lã –
o tempo mesmo tão frio
das mentiras excitadas
e da culpa acesa em seda.
O tempo do solstício
dos passos a ecoar
pela tarde sem mar.
O discreto exercício
das aragens, brincando

a desordem na trama
dos cabelos lisos
que se enredariam
fina, finamente
na verdoenga intriga
da brisa-puro-idílio.

Era amar que se amava em tempo de amor,
em tempo de valsa
era amar que se amava
também.
(O tempo de nossa fala de cristal.)

E eis os passos da outrora
gaia menina sonora
a soar rotos, aflitos
no adro rouco das igrejas.
Machucado se desbota
seu devaneio imaturo
imerso em taful penar.
(Se vagamos pelos quartos
há tanta luz imprevista!
Em fundos sem fim de armário
suspiram cetins antigos
leques, rendas, flores secas
fitinhas azuis constrangem
velhas cartas de noivado
e entre estalidos discretos
suspiram, como suspiram.)

E este verso precário abrange a enfim
desligada de nós, paixão,
nosso triste jeito ansioso
nossa fome absurda de afagos.

Perfilhando tal emoção
como chave a abrir enigma
como frase distraída
resolvendo algum segredo
de vital estimação,
uma grave alegria
indelével e fria.

Pairamos em pleno vácuo.
O espaço preenchido
por mesa, graúna, livro
ao repelir-nos ensina
itinerários de fuga:
abrigo sob movimento
garridas intermitências
cultivo de ânsia e trânsito.
(Mas que abrigo dolorido
ai ai meu bem vamos
brincar de roda, vamos.)
Gira teu anel de vidro
e de seda no meu dedo,
jovem aedo.
Valsamos e nos curvamos
no escuro, olhos de água
modelando nossa pose
com imagens fragmentadas.

Pairamos todos, aflitos,
sem forma, cor ou destino
primeiro é preciso sermos
para depois existirmos

E decidindo existir,
então amando, cantando,
carpindo, versificando
dando livre curso ao mito
de lapidar ironias
pela destreza dos dias
– mito que adestra este sonho
que sonhados vamos tendo.

Mas as coisas nos repelem
sob imóvel aparência.
Eis os espaços: repletos,
e o vácuo, desiludido.

Onde a fímbria de equilíbrio
entre o indivíduo e a efígie
que a retina alheia tece?
Onde a estática baía
estável, traumatizada
em verdade turmalina?

Respondendo à coerência
que nosso lábio reclama
em derradeira saída
explode, em alvura, o convite
do papel imaculado.

Memória que se desdobra
num ser aparte, ignorante
de minúcias desoladas.
E em plácida iridescência
surge a temida resposta
que mais feroz se revela
quanto mais nos esquivamos
a seu gume e desconforto.
Tendo essa dura ciência
virtudes ambivalentes
a unir rara delícia
à relutância da ingaia
mão que despe em madrigal
sua mais grata noção:

cálculo raso e doído
precisão de teorema
que amadurece o poema.

REINCIDÊNCIA

Formiguinhas passeiam no lajedo.
Os lábios, lacre impresso no silêncio.
Ao álacre passado filipluma
nenhum som se acrescente: eu sorriria!
A memória depura a luz mortiça,
agosto, agosto? É o mês das redondilhas,
em maio nos apraz só o decassílabo.
Silenciosamente azul, soslaio,
deslizas coagindo amor e hora.
(Nem é preciso ver-te para amar-te.)

EX-VOTO

Ferir-te é referir
a fala interrompida –
corda ainda retesa
no arco da memória.

A fala interrompida
de um afeto perfeito –
remanso em que o cansaço
de existir se demora.

Ferir-te é referir
à faca de possível
a solidão que insiste
num adeus indeciso.

Ferir-te é referir
sem dó nem piedade
exangue juramento
não de todo resciso.

Ferir-te é referir-me
em plena flor da idade
deixando-se ir embora
uma felicidade
ao cravado futuro
aonde só diviso
meu coração perdido
a Deus dado no escuro.

VIAGEM ESTÁTICA

Abre-te
sísmico sésamo do sonho
antenatal lava amorosa
jorra
deixa grassar a rubinostra rosa
do esquecimento
gol da morte
pela rampa
pelo rio
pela parlenda da relva fio a fio
do enorme armário de ar da noite.
madagascar-vos-ei, rota do sol
pelo oriente dos campos fulgurados!

Passa a paisagem pelos olhos deixa-
nos insones pela vida:
ábsona.

MODINHA ECOENTE

Inconstante – amante
tão frequentemente
distraidamente
viras-me teu rosto
deitas-me por terra
um e qualquer gosto
tu, mimo-de-vênus
a correr, ginete
do cavalo branco
no prado virente
aos ares movidos
a nuvens distantes
penosas lembranças.

Insconstantemente
inconstante amante
tu, mimo-de-vênus,
pela mão da deusa
verdejantemente
me amavas no prado
céu de águas suspensas
e o tempo era prazo
sem antes ou atraso –
lágrima perfeita
transparentemente
detida no espaço.

Inconstante amante
na olímpica brisa,

brisa primorosa
esfolhado em adeuses
reter-te, reter-te
desperdidamente
é apenas perder-te
pois quando te alcanço
eis que te desmanchas
pelas mãos em concha,
volubilidade
da linfa radiosa:
chuva de verão,
repentino encanto,
inconstante amante,
tu, mimo-de-vênus!

NUMA FOLHA DE AMENDOEIRA DO JARDIM DE ALÁ

Sleeping out a chagrin

L. Durrel

Escurece
o jardim chovido
    no peitoril as pombas
    esquecem

OS MELHORES ANOS DE NOSSA VIDA

De manhã, os passarinhos
tilintavam na ramagem.
E no rosto em sombra os olhos
se desvendavam: ausentes.

O café distribuído
entre estátuas alarmantes
altas risonhas dinâmicas
era episódio primeiro.

O lago floresceria
entre avencas – domicílio
de dez mil e dez peixinhos –
suspiro verde abafado.

Cariz d'água refletia
o vestido de cambraia
as tranças que a brisa leve
estremecia em quietude:

pensativas pensativas
deslizavam pelos ombros
miúdos e mui tristinhos
(ignorância de cirandas).

Ignorância de cirandas
bem-te-vi toda manhã
não benteviu a paixão
futura, sem remissão.

Ignorância de cirandas
bem-te-vi toda manhã
e cachorrinhos de lã
melhores, de nossa vida.

Aguda perplexidade
entrelaçada ao jasmim
que em grinalda alegraria
em alvura o cabelo liso.

Ah venham brincar comigo
colibris e morgadinhas
não me deixem de castigo
que não sei ficar sozinha.

Solidão só solilóquio
e a fada se transformava
em dália desapontada.
Sopitamos o soluço

e procuramos o agônico
recesso do quarto escuro
maciez esquecimento
em desistência precoce

e lúcida, irreparável
prolongada ao desalento
do sorriso adolescente.
Ai meneio resignado

de contrariadas valsas
perdidas em gazes vozes
na azul oscilação
dos verões à beira-mar.

Se tristuras nos resumem
a um indigente carinho
buscamos incontinenti
o frontispício silente

de nossa câmara ingrata
onde afinal tudo é mito
inestimável Carlito

e os problemas se equacionam
suavemente no sonho.

A FALSA ESTÁTUA

Pela persiana
evolar-me,
pelas frondes
dançar-me:
– Valsaviana!
Depois
permanecer
entre verdes adeuses, samambaias
suspensa ao esquecimento da cascata –
uma ninfa ditosa sob a água.

DOBRADO

Duas certidões
de amor e de morte
me são ministradas
pela minha sorte.
Bem que negaceio
faço volta e meia –
veredas rosadas
ipês florescidos!
Na primeira curva
resvala da calma
a lágrima, folha
a esbarrar no rosto
no muro, na morte,
asa transparente
amor, de teu corte.

Erro na cidade
num carro alegórico
de amor e de morte –
ah sociedade
exclusiva, forte:
duas mãos enlaçadas
longas avenidas
desertas. O choro
dos ares na rama
da figueira brava

é o estandarte
da minha coorte.

Que geografia
me extraviou
tão difícil morte?

CICATRIZ

Imóvel.
Imóveis
os olhos,
a boca.
Merencórios
lençóis.
O tempo
perdido
no doce
velado
reflexo
do sol.
Imóveis
lençóis
velejam
no escuro.
Imóveis
tinidos
de frascos
antigos.
E a febre
em memória
escorre
no vácuo:
sensível
mercúrio!
As vozes
se arqueiam

longínquas
na sala.
Imóveis
as faces
os dedos
as frases.
Perfume
inodoro.
Fixidez
de retrato
de pássaro
em fuga.
Imóveis
os móveis.
Imóvel
meu Mozart.
Novelos
desfiam
segredos
setíferos.
A cicatriz
da memória
lateja.
Ah célere
memória
estático
ontem.
Níveos curativos
diligenciarei.

Recurso
primeiro:
a mirada.
Desliza
o inseto
em clara
madeira
sobe
desce
hesita
e vira
e se irrita
e sobe
oh dança
de patinhas
tantas
romarias
uma vida
de sopro.
Para que
tanto fôlego.
Ele espia
a caneta
e a escala:
no píncaro
da pena
o aroma
da tinta
por certo
lhe fere

o mínimo
olfato –
a fuga
entre os livros.
Estaca
em teu retrato.
Eis que o mira
cordato,
e o aprova
(palminhas).
Também
aplaudimos.
Sem dúvida
archeiro
és garboso
e indomável, ó
Pável.
Se eras.
Se eras.
Lateja
lateja
memória!
Assim seja.

Recurso segundo:
o remédio
assonante
do tédio.
O jogo
inesperto

do ego
ausente
e absorto
mas que
volta à tona
(lateja
lateja).

Recurso terceiro:
o atrito
contínuo
pedido
do olvido.
Baixam
golondrinas,
as asas
macias
apagam
pavios
de velas
exaustas
acesas
nos vincos
das horas
havidas.
Baixam
golondrinas
num ruflar
espesso.
Então

sem motivo
súbito
o silêncio
é cindido
a cavilosos
ruídos
Nervosos.
Que é
que se move
em nossos
armários?
Que sedas
palpitam?
Que timbres
roçagam
voltando
do nada?
Lateja lateja
sem folga
sem pressa
E a febre
em memória
escorre
no vácuo:
sensível
mercúrio!

Recurso
quarto:
a lágrima.

E quinto:
o sucinto
absinto.

E sexto:
o esquerdo
soneto.

E sétimo:
o lépido
assédio
do espelho
do ornato
das fitas
do terciopelo.

E oitavo:
o favo
do afago

E nono:
o abandono
do sono.

ALIANÇA

Digo sempre ao amigo –
ainda que me ausente
para sempre e sempre
estarás comigo.

Depois da captura
pelas peripécias
do primeiro encontro,
a precoce agrura

de quem fica, aflito
desta vida, as mãos
súbitas, vazias
de amor, seu doce hábito

resplendente voz
a soar cada dia
no horto concluso da alma
– ah silêncio atroz

Dâmocles suspensa
iminente sobre
a pobre criatura.
Em lugar da falta
        (tudo águas passadas)

de quem me fugia
me rarefeitando
o ar, quem me partia
o coração, quem

me desvalidava
segundo a segundo
cada coisa olhada
tudo o que eu amava

instaurou-se, amigo
há quanto carinho
a ternura imensa
minha siamesa

que trago comigo
mesmo na virada
da primeira esquina
mesmo na passagem

maior, onde a bagagem
será só a alma.
Nunca mais de ti
perder-me, pois quando

me vou, tenho a calma
ligeira de quem
acorre ao encontro
de quem mais quis bem
e ainda quer, amém.

ODINHA ÀS ONDINAS DE MIL E NOVECENTOS DAS FACHADAS DAS CASAS DESTA LEAL CIDADE

Ondina urbana
que nos espias
pela corola
da margarida –
o teu sorriso
a meio, é agônico?
Sentir-te-ás
compadecida
pelo maralto
lívido, atômico
que se debruça
em nossos dias?

Ou então será
urbana ondina
tua natureza
mais humorista
e apenas achas
dessa janela
aberta de
pétala em pétala
longe, no alto,
bem divertida
a correria
nostra, no asfalto?

Ondina urbana
do Lavradio
moça do Rio

novo e do antigo
entre os quadrados
cubos maciços
desta clausura
que nos forjamos –
o teu sorriso
entre guirlandas
pérolas, tranças
nuvens, florões,
será promessa
sempre de um rosto
humano atento
a seu presente?
Será esperança
de urbanidade,
verdade, volta
de muitos ares,
de muitos sinos
de muitas glórias,
do verbo amares?

Futura ondina
de mil lazeres –
diz – falta muito
para que chegue
em ondinhas mansas
nosso descanso?

Ou antes disso
temos que ver
voar as casas

nas asas da
demo, lição?
Presenciar
o elixir da
imaginação
se evaporar
cada verão?

Será preciso
menina ondina
que para virmos
a te buscar
a te cantar
hinos e sambas
de exaltação,
será preciso
que antes façamos
rolar a tua
cabeça pura?
Tua inocente
graça de gesso
que pela rua
ainda irmana
garota urbana?

Vejo ameaça
de guilhotina
no teu destino,
mártir ondina
dos olhos baixos.

Lança teu lírico
último olhar
para o teu par
para o teu fã –
para o mocinho
de chapeuzinho
lá na outra esquina
do Lavradio.

Marca um encontro
para outro século
urbana ondina
em que seremos
nós as visitas
claros, seremos,
reintegrados
no mar, na terra,
voltados pródigos
        ao ar,
        de amar.

GRINALDA DE SÃO FRANCISCO DE ASSIS DE OURO PRETO

Passiflora No portal, anjos previnem
o nosso estarrecimento.
E a abóbada constelada
em eclosão de amor revela

Lírio-do-Vale a Virgem glorificada
entre fitas, entrelaços,
Doutores ensimesmados
a conferir consternados

Paciência dentre nuvens, tanto erro.
Grandes figuras seráficas
em ovais da capela-mor
pedem clemência por nós.

Amaranto À tarde repicam sinos
ressentidos, veementes
e as personagens estacam
no clímax de seus enredos.

Cravo Com suas Armas refulge
Cruz de muita penitência.
O matiz cardinalício
tinge as alfaias de sangue.

Saudade No adro ressoa o passo
mutilado do escultor:
vem se abraçar às imagens
que sua paixão moldou.

Verônica Este ingênuo serafim
indaga de teus delitos.
Atônita a palma indica
a extensão de teu suplício.

Acácia Bocas barrocas murmuram
ilícita ingenuidade.
Mas querubins em cirandas
a fugir por sacristias

Açafrão desfazem maus pensamentos.
Fustes de jacarandá
enovelam-se, velozes,
deixando o bote suspenso.

Violeta A gravidade da hora
crepuscular nos assusta.
Convertamos o silêncio
em fragílimo ornamento

Pervinca a rir pelos quatro cantos
de celestes confrarias
aliviando assim o humano
existir de seu condão.

Bonina São Francisco nos redime
de prováveis rebeldias
seu olhar não nos oprime
e até diz olá, irmãozinhos.

Narcissus poeticus

(Mas só para alguns diletos
afetos que somos – nós –
ao pontilhar os atalhos
de florzinhas rococós.)

Amor-perfeito

O fulcro porém perfeito
cativo dessa grinalda
seja o coração desfeito
de caridade divina
seja música que afine
o pecador à verdade
seja a Senhora Pobreza
toda de branco vestida
seja amor, cardialmente:
jardim do ar, que rescenda
à rosa do paraíso.

Romance de Dom Beltrão

Passava todos os dias pelo jardim, na companhia do cavalinho de pau e da Senhora Babá. Eram tardes muito compridas e seus amigos, tão grandes e tão importantes, davam gritos espadartes e corriam, depressa demais, para o esconderijo dos índios em fuga, na realidade mui pouco se interessando por especialidades de tamanho cavalinho. Até que de repente, numa tarde de abril, sentaram-se, cansados, perto da reunida fonte das histórias, e brincaram todos juntos.

I

QUE REFERE AS MISTERIOSAS SURTIDAS DE DOM BELTRÃO E DE SEU NÃO MENOS MISTERIOSO CAVALINHO

Bem alta fugia a lua
quando saiu D. Beltrão
montando seu cavalim
de maior estimação.
A cidade adormecida
foi ficando para trás.
Passavam nuvens pesadas
nuvens de pura aguarrás.
Era tão longa a jornada
do príncipe contumaz
que até mesmo o bater de asas
rápidas, na tarde lilás,
não encurtava a distância
entre a urbe e paranás.
D. Beltrão deliciado
em seu ginete. Aliás
desnecessário é pedir
aos pares deste rapaz
guardarem firme o segredo
do cavalinho alfaraz
seus emplumados passeios
e natureza loquaz.
E qual o nome do mágico
rocim que era mesmo o ás
das cavalariças reais?
"De Alvim tu o chamarás

por sua branca aparência
e lealdade tenaz"
falara do ar a encantada
voz que o trouxera. Incapaz
de dizer a menor frase
tal a surpresa, o vivaz
príncipe só demonstrara
seu realíssimo solaz
pelo imediato sorriso
que deu, e de pronto zás
sumiu-se a voz. Nosso príncipe
tem desde então a folgaz
companhia desse Alvim,
doce Alvim, que satisfaz
suas mínimas vontades
caprichos, e quando a paz
de seu dono é ameaçada
pelo bulício em cartaz
da cidade, confabulam
os dois, lançam alvarás
e à noite voam em férias
para a fazenda que apraz
ao humor sempre campesino
de nosso príncipe audaz.

II

EM QUE SE DESVENDA DE COMO DOM BELTRÃO, CANSADO DA VIDA NA CIDADE, ESCAPA, DEPOIS DAS AULAS, PARA A VÉSPERA-NA-FAZENDA, ONDE PODERÁ BRINCAR A SEU CONTENTO

Mas como – dirá o leitor –
nosso herói fugia assim?
Se é assíduo no colégio
(vi seu áureo boletim)
e se vai tanto à fazenda
tão distante, mesmo Alvim
não poderia trazê-lo
a tempo para o latim
e outras mil sabedorias.
– Se longos livros sem fim
joguinhos de futebol
e proeza volantim
consomem o dia inteiro
do príncipe Palmeirim
resta uma zona fechada
fora do tempo: jardim
esvoaçante e vazio –
é a Vépera, o Confim,
O Que Poderia Ser,
terra à espera, trampolim
de nosso maior desejo.
Véspera é a nuvem marfim
que o dia, passando, instaura
para nós todos, festim

que compete visitar
ou deixar ir, pepolim.
E toda vez que acontece
nosso claro amigo Alvim
ver a Alteza desolada
sem querer brincar, assim
que a alcança, com tato indaga:
– Príncipe, estais com esplim?
Então partamos depressa
para a Véspera, o capim,
de lá é tão mais suave
à vista, ao passeio, alfim
ao paladar exigente
deste seu fiel rocim
que tem um fraco terrível
por docinhos de alecrim.
E assim foi quando uma noite
tocaram o seu clarim
dando sinal de montar,
transvoar, firme no selim
para a fazenda feliz –
Véspera, Beltrão, Alvim,
São José, Jacarezim.

III

DE COMO NA VÉSPERA DESAPARECE O DILETO CAVALIM DO PRÍNCIPE, E DE COMO ESTE EM PROFUNDA TRISTEZA RECAIU

Lá chegados, que passeios
fizeram pelo arvoredo
pelos pastos e pomares
feitos só para brinquedo
de príncipe em cavalim.
Com espadinha de Toledo
descascavam-se laranjas –
dizer o que era o azedo
de tão doces, nem sabiam.
Depois de tanto folguedo
D. Beltrão bem fastigado
sentou num claro rochedo
(de pedrinhas de brilhante)
e tratou de dormir cedo.
Passaram-se muitas horas –
começa então nosso enredo:
ao despertar, D. Beltrão
achou tudo muito quedo
e inquieto chamou: "Alvim!"
e nada. Num arremedo
sorriu-se o silêncio: "Vim!"
A Alteza foi no vinhedo
no cafezal, foi no riacho
– nada de Alvim. Que bruxedo,
que lábia, que falso aviso

ou que personagem tredo
induziriam Alvim
o do branco voo e do
auxílio tão rigoroso
a afastar-se do arvoredo?
– Fuga? Jamais, nem desleixo.
Fosse distração, concedo,
mas o mais certo, pensava
D. Beltrão, ainda que a medo
é ter sido Alvim raptado
pelo tal peralta tredo.
E o pobre príncipe, ilhado
na Véspera (seu segredo),
corria campos de lírios
sem o cavalinho ledo
encontrar, fina desdita!

IV

NO QUAL SE ACOMPANHAM AS AVENTURAS DE DOM BELTRÃO NA VÉSPERA, EM DEMANDA DE ALVIM

Neste quarto ramalhete
das mágoas de D. Beltrão
ei-lo empunhando florete
de São Jorge, e em seu escudo
a traçar firme lembrete:
"Alvim, achar-te ou perder-me".
e parte de capacete
em pluma, pela campina
desdobrada num tapete
de margaridas e verde,
quando um súbito bilhete
esvoaça na sua frente
lacrado com alfinete.
D. Beltrão volta-se a tempo
de ver um ágil barrete
sumir atrás do vinhedo.
Mais rápido que foguete
corre até lá, olha, nada:
nem mais sombra de barrete
nem de gente, que mistério.
Decidido abre o bilhete
lendo com pasmo o seguinte:
"D. Beltrão, é por saber-te
aflito, sem ter notícia
de Alvim, que desejo ver-te
daqui a três horas justas

sem escudo e sem florete
na margem de cá do riacho
onde logo meu valete
(um simpático menino
vestido de azul-ferrete)
te levará onde me acho
pescando de molinete."
E para maior surpresa
de D. Beltrão, o bilhete
serelepe traz no fim
nada menos que o sinete
de D. Amadis, seu irmão.

V

ONDE ACONTECEM COUSAS ASSAZ IMPREVISTAS

Ressabiado com a estranheza
desse processo postal
D. Beltrão meditou firme
se conviria a uma real
personagem, arriscar-se
(por bem de seu reino, a al)
dessa forma ao requerido
que apesar do tom cordial
podia bem ser disfarce
de uma cilada fatal.
Mas a lembrança de Alvim
surgiu, em todo cristal
como o inesperado timbre
da mais sonora vogal
e D. Beltrão, resolvido
por saudade principal
deixando passar três horas
foi-se em busca do alvingral.
Chegando ao lugar marcado
(era uma Alteza pontual)
procurou pelo valete
de que lhe falara o tal
bilhete, mas fora o voo
de solitário pardal
nada se mexeu no riacho
no morro ou no cafezal.
O príncipe, então, sentou-se

num tronco, e apesar do mal
que seu coração feria
redigiu este edital:
"A Quem Possa Interessar
recompensa imperial
de umas férias na fazenda
e amizade fraternal
sabendo qualquer notícia
de cavalinho jovial
cuja cor branca de neve
é a melhor credencial
procure-me neste sítio
para conversa leal."
É quando escuta um levíssimo
ruído em meio ao geral
silêncio de que falamos:
entre árvores de ar formal
insuspeitas da menor
travessura vegetal
onze príncipes se esgueiram
pé ante pé, no ritual
de risonha procissão
em surpresa madrigal –
e para o espanto das gentes
toda a família, em plural,
dirige-se a D. Beltrão
que vítima de total
maravilha não consegue
certeza que a celestial
visita seja verdade

quando todo seu vital
mundinho já parecia
perdido, na vertical
da tristeza que sentia.
Para certeza cabal
(dizendo a si mesmo: "É este
o resultado, afinal,
que vem da gente ser um
príncipe sentimental".)
fecha os olhos, torna a abri-los
e seu espanto foi tal
agora, que quase assusta
a comissão fraternal.
Pois é Alvim que desponta
de novo, no litoral
dos olhos de D. Beltrão,
repentino, casual –
a sua cor é tão clara
seu voo tão natural
que ele não voa, navega
pelo ar, alvileal,
aflito, direto ao encontro
daquela Alteza Real.
Passado o primeiro instante
de emoção mais pessoal
os príncipes se aproximam
para, com jeito especial
contarem a seu irmão
a razão do acidental
sumiço do cavalim.

Em delicada espiral
os dois menores, bebês,
com transporte natural
vêm na frente, e logo atrás
no seu rosado avental
de nuvem, Dona Leonor.
Um passarinho fiscal
vê passar Dona Tareja
vaporosa, e musical
introduz nova princesa.
Ao som do mesmo cristal
desfila, com galanteza,
de príncipes habitual
num arremate feliz,
a família imperial.

VI

DA FELICÍSSIMA CONCLUSÃO DESTE ROMANCE

Veio após a explicação
feita com toda lisura
de como Alvim fora achado
por D. Amadis, que afigura
logo a inteligência e a pura
essência do cavalim
levando-o com todo apuro
para o jardim da fazenda.
Nem se fale da mistura
de rebuliço e fascínio
causados pela figura
de Alvim nos principezinhos
que com prudente mesura
já descobriram secretas
virtudes na criatura
alvíssima: voar, falar.
Soube-se então de segura
maneira o que era a Véspera
e da presença e clausura
de D. Beltrão nela. Aí,
para dar fim às agruras
daquele extremado herói
(perdido em própria aventura)
foi só mandar o bilhete
que preparava a futura
surpresa do reencontro.
E enfim, para que a leitura

deste romance mirim
finde com a desenvoltura
de uma palavra em patins
falta contar a ternura
com que D. Beltrão deixou
(para qualquer conjuntura)
Alvim à disposição
dos irmãos, e que a longura
desse convênio foi tal
que até agora perdura
sem quebra do compromisso
na mais supina ventura.

E quando passam as horas
que o relógio risca em ação
e se apaga o último aviso
da comum obrigação –
quando já fizemos tudo
de nossa competição
se ouvirmos no céu ruído
bem leve, firme atenção:
é quase certo passar
alvo e alto D. Beltrão
montando seu cavalim
de maior estimação
rumo à Véspera, país
da pura imaginação
que é a comovida verdade
do profundo coração.

AD USUM DELPHINI

alfaraz – ligeiro, veloz
loquaz – que fala com facilidade
rocim – cavalinho
solaz – prazer
volantim – andarilho
pepolim – aos pulinhos
esplim – tristeza, melancolia (do inglês *spleen*)
quedo – quieto, imóvel
tredo – falso, traiçoeiro
ledo – alegre
molinete – aparelho feito de dois paus cruzados sobre um eixo vertical que se usa em pescarias
al – tudo, todos
clausura – recinto fechado
convênio – ajuste, acordo, pacto
supina – elevada, alta, superior.

Menino Deitado em Alfa [1978]

Há vinte e dois anos de distância da Lélia juvenil que cantava a "Balada da cínica senhorita de Malacachita", a meditação profunda e a mozartiana leveza continuam sendo os dois fatores, só aparentemente contraditórios, desta obra lírica que entra agora no seu *opus* 4. Não são esses os dois fatores coexistentes no próprio Mozart, quintessência da arte ocidental?

Como em Mozart, há também na poesia de Lélia a presença da morte. Como havia, também, em Schmidt. Mas entre Lélia e Schmidt há todas as conquistas do movimento modernista, que Schmidt apenas bordejou. E em Lélia, há o "nervo" metafísico que retira a morte do poço de melancolia em que se embriagaram os românticos.

A morte, que em uma de suas cartas (transformada neste livro em epígrafe) Mozart chamou de "o verdadeiro sol da vida", é aqui a porta das revelações. Como no grande poema a Murilo Mendes: "Orfeu sobe/enfim, sabe/Tuas lentes escuras conhecem o segredo/sorridente,/divertidas/sapientes:/já podes içar-te a Betelgeuse".

Poesia cristã? Mas cristãos também eram, os românticos: como cristão era, Schmidt. Poesia "maçônica", diríamos, se a maçonaria representasse hoje o que representou para Mozart.

Maçônica como a *Flauta mágica*, repleta de significados. O que equivale a dizer que esta poesia não é um exercício verbal. Embora de acordar esquecidos vocábulos, tudo amalgamado em música da escola de Cecília – todas estas, influências confessadas (e convividas) da autora deste livro.

Mas a nota grave é apenas o pedal da Lélia juvenil, ainda e sempre presente apesar de um processo de amadurecimento que se de um lado aprofundou a reflexão, de outro tornou a sua dicção sempre mais pura: como (ainda) Mozart, ela acharia de mau gosto carregar nos tons cinzas. Muito ao contrário, os "alados idílios" não se interromperam, e restabelecem a harmonia universal: "Não quero faces de Crivelli/ crivadas de remorsos duros/ quero um retorno ao primitivo/ andor de amores, enfeitado/ de miosótis..."

O belo "haikai" para Lisboa tem a força de um símbolo: "No azulejo da manhã/ o sol acende o seu espelho." E mais adiante está dito: "Eu não quero a morte./Quero a vida –/laranja de ouro brilhando/ no mais alto ramo./Tão radiosa,/acorde perfeito das folhas,/círculo da terra, surdina do silêncio..."

Luiz Paulo Horta

Joia sofrida

Saudavelmente demolidora, a Semana de 1922 hasteou a bandeira da liberdade e da licença. Quatro anos antes, em 1918, já Manuel Bandeira ria dos sapos do pós-parnasianismo, azes insepultos de rimas sem palavras cognatas. É o que ele próprio conta no *Itinerário de Pasárgada*. Bilac só pensava em imitar o ourives, conforme está na sua "Profissão de fé". É nessa linha que Manuel situa a conhecida paródia: "A grande arte é como / Lavor de joalheiro".

Extintas ou arrefecidas as brasas do Modernismo, artesãos e artífices retomam armas e posições. O verso branco e livre não é desterrado, mas convive com a arte de versejar. Fazem-se flores de papel às pencas. O soneto recupera foros de cidadania e os próprios corifeus dos anos 20 põem-se a sonetar. Por toda parte, trabalha-se a estatuária e o mármore. Tendo permanecido empreiteiro de demolições a vida toda, Oswald de Andrade fustiga os "parnasianos às avessas", os da sua geração e os que vierem depois. Logo apareceu alguém para dizer que o horror de Oswald escondia sua incompetência para fazer, fazer ou fabricar versos.

Provavelmente achando graça na irreverência, a que terá dado resposta na ponta da língua, Oswald de Andrade morreu em 1954. Dois anos depois, em 1956, estreava Lélia Coelho Frota. Seu primeiro livro, dedicado a Carlos Drummond de Andrade, reúne quinze poemas que dão notícia de uma autora versátil e cultivada. Sua poesia floresce na vertente da disciplina que caracteriza os poetas pós-modernistas, particularmente os de 1945 em diante. Como todo mundo, confessando ou não, Lélia traz discreto gilvaz de influências (ou afinidades). Sua poesia é tributária de merecidas admirações, magistrais: de Cecília Meireles; de Murilo Mendes; de João Cabral de Melo Neto. Além de Carlos Drummond de Andrade, cujo nome está no pórtico da dedicatória.

Lélia Coelho Frota bebe das melhores fontes, desde sempre, desde as cantigas d'amor. É fora de dúvida que ela conhece a arte de versejar, além de outras artes. Todas as artes, de resto, as maiores e as menores, convocam o seu espírito inquieto. Poeta, Lélia encanta-se com as palavras, que maneja a bel prazer. Há mesmo uma ponta de deslumbramento na maneira com que ela caça palavras raras, para lhes soprar novo hausto, ou dar-lhes colocação pessoal na ordem sintática. Malabarista, Lélia é lúdica: brinca, hábil e travessa; diverte-se, volteia: dançatriz, sempre na corda tensa da palavra. Nisto, como no mais, vem ajudada por sua boa formação literária, por sua abrangente cultura.

Tanto quanto expõe a joalheria em que trabalha, Lélia Coelho Frota dissimula o que seria, passe a má palavra, a sua mensagem. Jogo que compreende fintas e emboscadas, tudo se resolve num como pudico sentimento – vergonha da ostentação. Todos os meandros estão protegidos pelo universal e justíssimo direito à intimidade. Nenhum exibicionismo. Nem mesmo o de perigoso excesso nas destras acrobacias verbais. Há sempre o pique do *humor* para fugir à confidência. Aí onde cabe uma lágrima, aí também cabe, orgulhosa sem entrega fácil, esquiva caçoada.

Dois anos depois de sua estreia, em 1958, Lélia ganha o 1° Prêmio do concurso de *A Gazeta*. Seus alados idílios apuram a astúcia do verso. Como uns tantos de sua geração, Lélia está equipada para vir, ver e vencer. Ou vencer-se, pois que não há nenhuma vitória senão sobre si mesmo. Para fora, tudo é mentira. Com o conhecimento do mundo que tem, e em particular do mundo literário, Lélia sabe que isto é verdade. Aplica-se, trabalha ardentemente. Tem estro e metro. Domina ritmo e fôlego. Nas pontas dos pés, passos rápidos, sua poesia fala sucessivamente de um personagem ausente-presente. Musa? Com maroto recato, prossegue o amoroso diálogo com a vida, com tudo que na vida vale a pena aspirar, tudo a que aspira um poeta de boa e sólida cepa. Tal como está na epígrafe que Lélia incorporou, cumpre à poesia tornar claro um coração obscuro.

A poesia tem mesmo esse privilégio e é capaz de tamanho milagre, tanto quanto é "matriz de solidão". O que quer dizer que tem de sustentar-se sozinha. Ao texto, compete existir fora e além da circunstância, para lá da figura no caso in-significante do autor. Os versos de Lélia Coelho Frota buscam essa meta e a alcançam. Em código pessoal, o raro anafil rende um hino à vida, ao amor, à sua rica renda jovial e, súbito, deixa-se contagiar pela pauta sinistra: a morte é uma janela aberta, para sempre.

Desde o princípio, no primeiro minuto após o caos e para toda a eternidade, o ofício do poeta é de palavras. Da emoção, Lélia deixa por isto ver o verso ágil, elegante, profissional. O verbo: seu ofício é de palavras. Aqui está ele, mais uma vez, neste *Menino deitado em Alfa*. A mesma Lélia Coelho Frota. A mesma poesia depura-se, exigente. Finíssima porcelana, sobriedade perfeita, como nos "Onze poemas portugueses". Se há neste livro ourivesaria, é honesto ofício; não há ouropel. Cada poema, cada verso vem de dentro, de uma vitória interior, e passa pela insatisfeita oficina. Se há flor, todas as flores têm raízes; se é joia, toda joia é sofrida.

O perfil de poeta de Lélia Coelho Frota dispensa montagem biográfica, ou explicação da pessoa, do personagem que está por trás da obra poética. Não será, porém, impertinente lembrar a obra em prosa que afirma a sensibilidade e a cultura de Lélia. Interesse e apetite universais, tudo a fascina – artes plásticas, música, ciências sociais. Seu estudo sobre santeiros e imaginários é exemplar. No caminho riquíssimo e ainda pouco explorado da nossa arte liminar, suas pesquisas se conduzem segundo arguto sexto sentido, esse dedo adivinho que não é só de etnólogo, mas de poeta. É o caso de *Mitopoética de nove artistas brasileiros*. Desse livro, bastaria a descoberta de Júlio Martins da Silva, no Morro da União; ou de Maria Madalena, em Petrópolis. O cruzamento mágico da erudição e da ciência popular está, por exemplo, em seu ensaio sobre a onça de Artur Pereira e o lauaretê de João Guimarães Rosa. Como diz Clarival do Prado Valladares, Lélia "consegue determinar a mesma transcendência entre a linguagem do escritor erudito e a do escultor primitivo".

Lélia Coelho Frota não se contenta em fazer poesia. Trata de descobri-la onde quer que se manifeste, sobretudo nas boas e caudalosas fontes populares. Como ontem, ou mais do que ontem, é possível que hoje a poesia não tenha importância. Nem por isto deixará de existir, tanto quanto existem os que vivem dela e para ela. É um destino. Aqui, esse destino tem o nome de Lélia Coelho Frota.

Otto Lara Resende

Ar da Alma [1975-1976]

MENINO DEITADO EM ALFA

Para João Emanuel

Astro planeta
no espaço navega
o seu sonhar profundo
Os pés estão no mar
a cabeça no linho
as mãos cruzam o ar
diante dos olhos constelados:
são estrelas, são grandes nebulosas
satélites que passam
em lenta, líquida calmaria
pelo dia a escorrer leite, paina, luzes

Ainda é dono do espaço
tem a receita
da liberdade
Voa
Confia
Transita pelos quatro elementos,
escolhe,
é novo:
pode chegar e sair

Boia Moisés nas águas, líquido
estende-se,
brinca com fogo
batiza-se de terra

em sua boca crepita a folhagem
a flor do som.

O rosto é superfície de água
espelha os movimentos mínimos
do ar da alma
do mito
que lhe vamos sendo com nosso amor, nosso ruído
nossas luzes trêmulas, nossas cores pálidas
diante de seu trânsito
fulgurante

Navega circunvindo
e se concede

E não será poupado do código, do dízimo
aprenderá logaritmos que não constroem casas nem navios
viajará pelos mapas sem se molhar na álgebra verde do oceano,
repetirá a gramática da esfera
sem qualquer
música matemática,
ouvirá linguagem geométrica
sem um vão para a dinamite
poética.

E qualquer história de outros homens
em outra vez,
será distante como coisa
que não se fez:

um corredor branco
um relógio atômico a explodir em esquecimento.

(Um dia
há de segurar com firmeza
a bola
que sobe e desce das nuvens
fora da escola.)

Navega na cama de cambraia,
rio claro,
entre a vidraça e o céu absorto
aberto
do seu corpo
inscrito em nosso mundo como a planta
que existe porque cresce
mexe folhas verdes.

Tão longe o azul e tão perto
que pode pôr a mão num asteróide
agarrar um cometa pela cauda
balançar a cortina deste mundo.

Sua cabeça é um sol,
e tudo gira
e tudo sateliza seu destino
em função do menino e seu ensino:
respirar,
gesto de viver
ver a cara das coisas
acontecer

folha a folha
em legendas inscritas nas nervuras
do amor
língua geral

a levar-nos de corpos ao universo
do sangue e dos encontros aclarados
para voltarmos dele constelados
de outros mundos, de outras plantas, de meninos.

ASCENSÃO DE MURILO MENDES

I
A poesia

A poesia, angra.
A poesia, sangra.

II
Orfeu

Murilo surpreendendo
até no ato de partir.
                    Quero dar a despedida,
mas voas no jornal da manhã,
sobes depressa
com teu inesperado-intencional
equipamento intergaláctico.
                                                            De capa e guarda-chuva
                                                                                ascendes.

(Adeuses:
                    Orfeu sobe,
                    enfim, sabe.)

Tuas lentes escuras conhecem o segredo
                                        sorridentes,
                                        divertidas,
                                        sapientes:
já podes içar-te a Betelgeuse.

AQUI
soletrando as fibrilações
do teu terrestre pouso
elétrons de vogais e consoantes,
celerérrimas
réplicas da atômica
bem temperada
harmonia
FICAMOS

Daqui
rastrearemos a tua estrela móvel,
de primeira grandeza,
para que nos ensines a velocidade
dos permanentes adeuses.

Murilo ascende
acena

a seu lado gira a veloz
porta do Hades
fechada, subterrânea.
Indiferente, Murilo conjura
e ascende.

Ascende extramuros, extracorpo,
juiz de fora de si mesmo
entregue ao som de Deus:
ABBA

Faz trio

com João Sebastião

e Wolfgang Amadeus

macroângelos

que o pilotam a Beatriz Betelgeuse

a empírea,

através da piranesiana circulária.

Não era à toa que Halley

chamejante,

prevenia:

O estigma candente dos cometas

não se aplica impunemente a qualquer testa,

mesmo ao teu longo rosto de pensamentos em curso.

Ígneo Murilo irreverente

Mendes Murilo desmedido

no amor

no furor

contra o que ferisse o fulgor da verdade.

A marca do cometa,

ímpeto e graça,

giração geratriz desassombrada na noite

iluminação consumpção

do assistir, respiração suspensa, sob a árvore do céu.

É Murilo,
o da voz elementar e sábia
Murilo morto assumido
Murilo explodido
para o avesso de ilo
                    muro
enfim elidido.

E no entanto
desejaríamos ainda ver-te
invisibílio Murilo

Tua presença era a certeza do aliado
vitalício contra a bomba, contra a usura.
Sem cúmplices
vai-se tornando ah tão árido
sobreviver nos arquivos imobiliários:
Televisão do amor,
Imagem, ilusão.
Paisagem de xerox,
Urbe de papelão.

Murilo apaixonado confesso
pela alma e pelo corpo
de Eurídice.
Para ti, a carne era a lição livremente aprendida do espírito
e o peito da amada a mesma porta por onde passaram
tântricos extáticos seguindo as apsaras de Ajanta.

Murilo ascende
leva na mão o jornalzinho da eternidade.
Já que tomou a iniciativa
agora é forçoso darmos a despedida
          ao seu rosto arioso
às suas presenças sereníssimas no Jardim de Allah vespertino
tirando longos lenços concedidos da manga,
mágico mineiro, paroquial.

Não o encontraremos mais, com Saudade,
                    na ópera de Pequim.
                    Volantim Murilo
sustenta nosso mínimo fôlego de parentes
                    da mesma fala.
                    Em tua homenagem
                    prendo no cabelo
                    o agrafe da poesia.
                    Para te encontrar
                    levaremos flores
                    nos pés e nos cabelos.
          Vem-nos esperar
          na chegada estelar.
                    Correremos
                    relva adentro
                    sairemos pelo centro
          nos pratos suspensos do tempo.

Esperamos rever-te breve
para que enfim se trave

o convívio solstício
do nosso estar em Alfa.

Tardiamente chegado
à defenestração da minha cela terrestre
é só agora que ponho a mão no coração do teu verso
e penso, Murilo,
como um grande silo
bíblico
de palavras de trigo
germinando, germinando

Entre uma cruz e uma estrela
ladeando Murilo e Mendes
ele decola,
convergiu.
Morte e nascimento se confundem
na sua ausência elétrica
compacta como a massa de um quasar.
FUIT HIC

Para nós deixou gravada a sua marca
mineira, e vai na dianteira
movido a clavicêmbalos prestíssimos.
Percebe o código estelar
do aridíssimo caminho dos amores
que mapeou de arcanos.
Baco mineiro,
Murilo vai sem deixar sua Ariadne,
a palavra das coisas que viveu.

Não perderemos o bipbip
da tua, como disseste, telepessoa.
Sentimos pena
da nossa pequena voz para alcançar-te.
Nossa promessa inscrevemos, em teu rumor
de grande astro que se move com amor:
não esquecer.

EM SINAL DE TE ABRAÇAR

Onze anos no jardim da morte e é como se fosse
o teu dia de aniversário
tão próximo apareces, de olhos líquidos, dados.

Ervilhas-de-cheiro e uma luz muito clara
sobre o mármore do teu retrato.
Cartas guardadas agenciam a entrega rápida do passado
onde instantâneo ris,
no sofá ladeado de cisnes.

Já não tenho o teu endereço
a não ser pela mala dos sonhos.
Há graúnas bicando os grãos da vida,
romã. O que acontece
na paisagem à prova de som, sem gravidade,
suspensa dos filamentos da saudade.

Súbito e são lágrimas, a fratura exposta
                                                  da tua falta.
Depressa, depressa demais é que se desprendem os pássaros
do teu rosto.

Dia de Todos os Mortos:
                                         flutuas
pela nave espacial da lembrança.

Nem os acordes do grande órgão de Thomaskirche
iluminado como um transatlântico
conseguem me levar à tua estrela.

Dali mandas mensagens
convites para o cottage verde
onde fechas devagar os olhos de ocarina.

Acorda
        deste lado do espelho
trinca o cristal da ausência,
                corpo de ar!

Sobem vazios
                os elevadores da morte.

Por esses, e por outros motivos,
recorro à ladainha do teu rosto
que repito   que repito
inconscientemente dentro dos anos
me desviando da tua memória frontal
                insuportável
até o nosso encontro,
corolário de uma eternidade lógica,
no primeiro círculo do Purgatório,
                nos subúrbios do Paraíso.

                Em trânsito
para a devastadora claridade
flash fulgurante dos nossos corpos e almas
enfim revelados e contidos fora do espaço e do tempo.

INSCRIÇÃO

Se me amasses eu me transformaria no que sou.
Murilo Mendes

Eu espero alguém que talvez não venha
Mas que sei que existe
Porque sei que existo.
Ismael Nery

Domine:
tua alma é a minha
carteira de identidade.
Tem pena
de mim.
Encarnação da minha sindérese
non abbandonarmi:
tem pena.

Domine.
Por ti a porta
se abriu
e entrei no horto.
Tem
pena.
Por ti a rosa dantesca, iluminada,
a multifólia, a diamante:
Tem pena.

Domine,
celebremo-nos,

celebrantes. Príncipe
curvemo-nos, amantes
na realeza: total nudez
de entrega e renúncia.

Domine.
Senhor
Principal
Próprio
Mestre
Autorizado
Participante
Príncipe
Cordeiro:
Vem beber o leite do amor na minha mão.

Príncipe
vamos entrar na coroa do sol
    no excesso
    ardamos
    príncipe
    eternamente
incandescentemente.

Príncipe
Domine
Cordeiro
Fazendeiro
Álvares Orfeu

toma posse do que te pertence:
eu virei medieval no cavalinho engrinaldado
riremos
entre maçãs e ervas,
unicórnios, sabiás e rosmaninhos.

Ah príncipe príncipe
príncipe princípio e fim
sempre incipiente,
definitivo,
            em mim.
Sou refém da tua perfeição.
      A cada minuto
me recuperas da sombra:
    volto a mim.

Ínclito príncipe,
íngreme príncipe,
      rei
de grandes alturas.

Colhe a tua pedrinha,
      eu,
      a novel-aflita
Bel-Luminosa,
      violeta
        flor
beira-de-estrada

que deixou na terra
        dentro dela
         ao subir
para a tua passagem
toda e qualquer tenebra.

      Príncipe
príncipe severo
      justo
     virtuoso
     perdoa-me
por incidir minha face
    amorosa
no teu universo
   magno, magnânimo
          puro.

Mas reclamo
para salvar-me

o teu verbo encarnado em ti,
           príncipe
deste e de todos meus mundos,
           Domine
nesta e em todas as vidas
a tal ponto que posso deixar-te subitamente e ir morar do
                                   outro lado
                                        da terra
até o dia da minha morte e libertação.

Vem apascentar-me,
bebe do teu aríbalo
príncipe fazendeiro.
Colherás meus frutos
depois planta-me outra vez,
agricultor
com a tua semente.
Nós não conheceremos a morte.
Você é a minha semente.
Da tua semente
crescerão vozes, voos siderais,
ouço o vagido
dos nossos filhos
a chamar-nos
príncipe
exigente como campainhas de prata:
infantes que já saíram
do nada e vêm vindo
ao nosso encontro, deliciados, rindo.

Príncipe
Domine
o teu poder de autoridade
concede
todo o ar que respiro.

Por minha fé,
príncipe, estou cansada
dos brocados e ouropéis da primeira Maria Grubbe
e, às vezes, devo dizer, me baixam tentações

à Nastásia Filipovna
(vingar-me de ti)

Mas que sou
príncipe,
senão suspiro
a te acompanhar
– dócil como a ovelha levada por uma cordinha –
pelas frondes árcades
senão murmúrio,
                    seda para pisares?

Príncipe
por que não nos tornamos
luz do excesso
e não desaparecemos na curva
da galáxia mais próxima
e mais distante?

Príncipe,
meu criador,
    por ti
    Sou
– porque me amaste –
fico em ti,
anversa:
a outra face
do nosso eu reunido.

ATRAVÉS DO ESPELHO

(Diante de dois estandartes de Maria Leontina)

Horizonte verde
próximo e longínquo
contra o céu vermelho
rasante, abissal.

Fio de horizonte
suspenso na vida,
prumo a igual distância
de imóvel corrida

Janela escondida
para a intimidade
paisagem à tona
de confins perdidos.

Limiar vermelho
que o existir alonga
até que nos dedos
se transforma em espelho
da memória múltipla.

Lentos estandartes
silenciosamente
desvendados – átimo
de um querer-se amante
em toda constância
dentro do universo.

Fronteira do instante
pensado profundo
em vermelho e verde
percorrendo o mundo.

Pedrinha do fundo
do tempo de estar
na terra, trazida
para remirar.

Noite dividida
em azuis entrevistos,
indícios verdeais.
Quem saberá ver
claridade atrás
desse breu seteais?

Paragem preciosa
pintada muito antes
do caminho andado
pelo adivinhar
de antigos estares
em perfeitos pares:

o fogo   a terra
                    a água   o ar
reunidos
          num principiar.

Alma & Pétalas [1972 - 1974]

ONZE POEMAS PORTUGUESES

1. SOBRE O TEJO

Para ti estou como a água
– a água que se desata –
para o pensamento da ponte.

2. CARTA

(No espelho)

Como se te visse passar por entre ramos:
estendo a mão e não alcanço a tua beira.

3. LIBERDADE

Passo pelo fio
de pérolas do Rossio:
não quero comprar flores,
quero ver o rio.

4. LEGENDANDO LISBOA

No azulejo da manhã
o sol acende o seu espelho.

5. JARDIM DE ALCÂNTARA

Ah o amor – as urzes –
deixa
cair sobre mim sua mão
– displicentemente floridas –
de mármore.

6. PROIBIDO

Se o anjo entrasse na floresta
Os pássaros dessem o alarme
Nós pegaríamos fogo, como duas árvores

7. A JANELA DE FERNANDO PESSOA

Estar em Lisboa
era ter saudade de Paris.
                                        Quis
o destino de um amor brotado
como ervas, à beira do rio súbito,
a confundir a calma
da longa degustação da própria alma

que estar em Lisboa
fosse ter saudade da Lisboa
onde se tinha saudade de Paris.

8. AMOR TIRANO

Invejável clausura
tem o fauno da fonte
da Avenida da Liberdade.
Não sabe o que é saudade:
ele dura.

9. PROJETO

Sim, iremos para a América do Sul
para as quadras de tênis vazias
para os parques de diversão silenciosos
movidos pelos anúncios luminosos

10. RECÉM-CASADO

É pelos corpos que nos perderemos
de nós mesmos, para nos ganharmos.
É pelos beijos que nos despedimos
para nos encontrarmos pelos olhos.
É pela pele que escaldamos
o que em nós havia de secreto:
e é o nosso corpo entregue um corpo estranho
pois pertence só a quem amamos
por quem morosamente devassamos
o alheamento da carne –
o barqueiro, o pastor que a atravessa
num profundo arremesso vagaroso
levantando ondas, ondas, ondas e ervas
a subir e descer vagas e montes
levando-me com ele à raia clara
onde água a quebrar-se eu me constele
na sua barca, conduzida à praia.

11. LITORAL

Estávamos um diante do outro
como um só espelho de ouro.
Entre nós corria o rio rubro
e era tempo de despedida.
Portugal, Espanha ou as cícladas,
é tempo, mas de frutas cítricas
para ter nas mãos a colhida,
ácida, consentida, súplice vida.

AMAROAMAR

Montemuro, serra,
vai, coração, erra,
esfacela-te em mágoa
nostálgica de Mozart
no antiquíssimo quarto
de outra alta paixão
para aumentar a sede
de Deus, e seu falcão.
Praza ao céu conceder-te
uma alforria breve
como pássaro leve
a resvalar na sorte
desta que se quis pura
desta que se quis casta
e cada vez mais se afasta
da seráfica altura.
Pode ser que no escuro
se rompa a transmontana
porta do puro amor
aorta que me leve
– sangue derramadíssimo –
ao horto felicíssimo
onde um bater de pálpebra
uma treva minúscula
seja morrer: cidade
da afinal claridade.

ALMA & PÉTALAS

Em setembro me vestirei de cravos
de trajes bisotados de cravos
rubros agravos, rubis oitavados
e crucificarei os ultrajes
dos graves fados que passei
(que desta vida eu escolhi).

Não quero faces de Crivelli
crivadas de remorsos duros
quero um retorno ao primitivo
andor de amores, enfeitado
de miosótis e aleli,
lelia doura.

Em setembro me vestirei
de ácidas armas diáfanas
aromas de pêssego e tardias dálias,
atena venusiana, lábil.

Em setembro partirei cravada
de misericórdias e adeuses
branca e vermelha nascerei
da fantasia da manhã
entre o aroma da segurelha e o
linho das marinhas espumas.

Em setembro partirei ciosa
de graves, de puros vestidos
para um destino pervagado
de flor sem haste, amor ao ar
perdulariamente fadado.

Mas quando encontrar meu canteiro,
serei de alma e pétalas, inteira.

CAMÉLIA
NÃO-CAMÉLIA

Para Roberto Burle Marx

O verdadeiro sol da vida é a morte.
Mozart (Cartas)

Castíssima
gavota rigorosa
de alvas anáguas
a abrir-se
no silêncio geométrico.

Oferece em segredo,
pública,
para nenhum baile
o coração exposto
inviolável
da mais íntima pétala.

Cada fibra tenuíssima
dando-se
ao movimento de ser
descreve um lento
larghetto para a morte.

Olho de dentro da natureza
ela surge, mortal e terrível,
derrame do invisível,
e nos mira, vidente cega,

aos atônitos,
diante da sua aparição inatingível e concreta.

Quem sabe ao ver-te,
camélia,
sob o eclipse ofuscante
do teu sol lunar,
aprenderemos
a um dia inclinar-nos,
pressurosos e exultantes, bambuzal sob o vento,
ao toque que macula
nosso tecido humano com a promessa da volta
para contigo revertermos difusamente à terra
em transfusão vegetal que nos conduza
aos radioso centro que gerou
teu incorruptível, efêmero ser flor.

COMPASSO DE NERVAL

Porque sempre princesa desterrada
a viúva, a quebradiça, a desolada
a esperar a mão que me levante
e me leve e me liberte e me incorpore
a uma feudal jurisdição
onde amada, eu seja sujigada
a pesadas correntes de paixão
que me liguem e me larguem
que generosamente domestiquem
minha arredia vontade de fundir-me
num amplo levantamento acompanhado –
ave ditosa que só voe no compasso
da certeza do solo do seu dono.

TALVEZ PENÉLOPE

Ah o amor da Grécia o branco
imaculado amor das ilhas
que pervagam no mar violeta
numa eterna tapeçaria
a desfazer-se, a refazer-se –
                                        espumas
peixes, sargaços, conchas, abismos,
                                        Ulisses!

Onde viajas, encantado, retido,
ó esperado desaparecido?

Ó nunca visto, ó viajante rijo
do mar guerreiro, de ondas em riste, onde
teu rosto ignorado persiste?

Na nostálgica superfície
ecoa um nome, e o edifício
das águas reboa, desaba
pelas angras do esquecimento.

Que sereia te seduziu
para assim me deixares, só,
na mesa vazia, entre conchas
murmurejantes?

Ou serei eu a sereia
que se põe entre nós de permeio

e desfaço a tua chegada
quando de longe, na amurada
vês o meu vestido vermelho
que a brancura da praia incendeia?

Serei eu quem de ti se afasta
e que a trama das ondas desata
quando a meus pés resvala, súplice,
a marola da tua fragata?

SÉCULO XX

(Só assim)

Ser,
viver na terra,
entre o milharal e a montanha.

Descer
para o rio,
passar o barco
para o outro lado:
o do mar.

QUATRO POEMAS ELEMENTARES

Para Vincent Jomelli,
afilhado

Ar

Boi de seda
no cabresto:
o gesto
de prender o vento.

Fogo

Olhar o fogo
– a mãe do quente –
ensina um lento
ser de repente.

Terra

Se enterrarmos a mão na terra
do outro lado estará uma casa
com quintal e um pássaro de asas
vermelhas
que cantará cantará cantará
até a casa ser de água
e sumir na serra da mínima
música da areia a escorrer

pela mão que se enterra mais fundo
para encontrar o mesmo mundo
que não para de acontecer.

Água

Só nós sabemos o segredo
de escutar a água que cai
no brinquedo aberto das mãos:
inesgotável como um sim
pelos muros altos do não.

O VIAJANTE

Só, no teu quadrante
no meio da noite,
difícil, infante,
é deixar o dia
pelos inquietantes
caminhos do sono.

Só, no teu quadrante,
descalço, vestido
de leve algodão
– é pouca equipagem –
hesitas no assombro
antes do mergulho
através do ruço
de que sonhos bons,
de que sonhos maus?

Só, no teu quadrante,
filho sempre infante
viste que no instante
difícil, sozinho,
mister é que cante
qualquer menininho
sua própria canção.

Só, no teu quadrante,
embalado infante
se embala sozinho

cantando diante
de quem o acalanta.
Cantando distante
de quem não te alcança
a mágoa de infante
que o próprio reduto
do fechado instante
te instou a recursos
de audaz viandante:
te levou, cantante,
a dormir confiante.

ALTO DA SERRA

Respirar o ar,
respirar o ar,
respirar o ar.

Arde, pira do ar,
mar de abstrato azul!

Consome a urbe, triângulo de altura,
devora as avenidas do passado,
o amor civilizado, tudo
                cinza, tudo.

Reina,
montanha verde!

PRINCÍPIO

A morta abriu o dia radioso
com a cortina da sua despedida.
Partiu no meio os cabelos vagarosos
escorrendo ainda de lembranças,
vestiu o vestido precioso
e saiu à procura, sôfrega,
de outras tantas,
verdadeiras vidas.

POMO

Eu não quero a morte.
Quero a vida –
laranja de ouro brilhando
no mais alto ramo.

Tão radiosa,
acorde perfeito das folhas,
círculo da terra, surdina do silêncio,
colher-te, e seria a catástrofe.

Somos teus gomos, tua líquida camisa,
sabemos um dia inteiro o sabiá cantar
a música da seiva das raízes.

Brio [1996]

Brio: Ascese da Linguagem

Se não fosse a edição fora de comércio de *Veneza de vista e ouvido* (1986), Lélia Coelho Frota nada teria publicado depois de *Menino deitado em Alfa* (1978) antes da presente coletânea. Término de um prolongado retraimento, os quarenta e dois poemas nela reunidos em quatro subdivisões – "Brio", "A pétala trincada", "Dois até breves" e "Veneza de vista e ouvido", a primeira como título geral e a última reproduzindo o belo livrinho de 86 – são o resultado do despojamento de uma poesia nascida em berço esplêndido entre as galas de rica linguagem.

Contando para o leitor de hoje, presumivelmente sem contato com os livros anteriores da autora, como esse despojamento se deu, narro o curso de uma obra representativa da poesia brasileira atual, e, pela própria natureza do assunto, entro no movimentado capítulo, iniciado em 1956, de nossa história literária mais recente. Nesse mesmo ano, Lélia Coelho Frota publicou o seu livro de estreia, *Quinze poemas*, um *divertimento* de grande *bravura*, em estilo *concertante*.

Emprego analogicamente essas três expressões da terminologia musical. O primeiro, *divertimento*, pelo que há de prazenteiro nesses poemas esquivos à expressão direta de sentimentos, contornada por uma disposição folgazã, irônica, do sujeito, voz desdobrada em solo e coral, de múltiplas variações narrativo-dramáticas, como as que se sucedem, de estância a estância, em "Polca e arrazoado de uma jovem sentimental", no gênero das assinaladas nos subtítulos de "Poema precoce": "Epitáfio tristinho", "Aparte exultante de um jovem flamante", "Ameno coro dos fantasmas perspicazes". Assim a mesma palavra, *divertimento*, ainda cabe a *Quinze poemas* por serem uma diversão do lirismo: fogem do enleio da expressão lírica, diversificando-se em várias entonações. No livro, há composições que se denominam de folguedos; outras há, como "Segundo folguedo", que utilizam um estratagema contrapontístico interno, opondo estrofe a estrofe, segundo distintos enquadramentos retóricos anotados ao lado de cada uma – *frase supérflua*, *frase amável porém leviana*, *frase austera*. São marcas de variação de timbre, tais como as indicadas no subtítulo de "Poema precoce".

É certo que a propriedade no emprego do termo *bravura* – o segundo dos três termos musicais – não decorre somente do imediato e vibrante ataque aos temas já nos títulos ou subtítulos antes referidos. Está, sobretudo, na entrada certa dos timbres adequados, rimas principalmente, e nas variações tonais, que podem ir do risonho ao risível em "Balada da cínica senhorita de Malacachita" ("Conheceis vós,/ Garis e menestréis/ esta cínica senhorita/ que houvera sonhar em Madri/ um toureiro para o seu safári/ que percorreu o mar entre a ostra/ e o javali?/...), e do triste jocoso ao sarcástico dorido na lembrança elegíaca de "Poema para irmão" (três das risadas que usei/ se irisaram no jardim./ Fiz do colo um palanquim/ para te embalar, meu serafim./...).

Finalmente, o divertimento poético de *Quinze poemas* é *concertante* porque a diversidade das suas entonações e timbres harmonizam-se, à semelhança do ajuste harmônico entre tons e timbres de um concerto, numa *tonalidade airosa dominante*, ora meditativa ora brincalhona, provida sempre de ponderado saber na escolha das formas.

Isso tudo considerado, pode-se ver que não são de festim ou de galarim as galas que cercaram o nascimento da poesia de Lélia, mas galas reais da linguagem, numa festa das formas poéticas tradicionais da literatura em língua portuguesa, subjugadas e renovadas, preferentemente aquelas que, como a balada, o *romancero*, as modas populares, de inclinação narrativo-dramática, favoreceram a irônica expressão esquiva ao lirismo, herdada de Carlos Drummond de Andrade.

"Deixe-se influenciar o mais que possa", escrevia Mário Faustino em artigo sobre o livro de estreia que inaugurou a recepção crítica da obra, "mas tenha a decência de ou indicar claramente a influência ou de disfarçá-la o melhor possível – eis, mais ou menos, o que diz o nunca demais citado Ezra Pound a respeito da influência dos poetas mais velhos em poetas mais jovens. Lélia Frota tem essa decência: é influenciada em alto grau por Carlos Drummond de Andrade, mas não só deixa isso bem claro (oferece-lhe, inclusive, o livro), como também, o que é mais, domina essa influência e continua num sentido pessoal e renovado, uma das direções da experiência drummondiana".

Além desse traço genealógico, Mário Faustino apontava, sem usar a palavra, o estilo do *divertimento* em *Quinze poemas*, quando afirmava que o forte da sua companheira de geração era o *ut delectans* e não o *ut movens*. "Em poucos poetas brasileiros temos visto tamanha alegria de criar...", dizia ele, não esquecendo de assinalar, nessa crítica jornalística, inserta em Poesia-experiência, nem o "aproveitamento de temas e maneiras populares... nem a boa fatura da poesia anedótica (leia-se narrativa)". E ainda acrescentava "que Lélia tende para o teatro, para a farsa popular...".

Essa recepção positiva à nascente obra de Lélia era coerente com o ponto de vista de Mário Faustino, crítico-poeta e poeta-crítico, autor de um dos marcantes livros de poesia do período – *O homem e sua hora* (1955) – e que teve em Poesia-experiência, página do Suplemento Dominical do Jornal do Brasil, surgida no mesmo ano de 1956, onde o citado artigo foi publicado, um completo instrumento de defesa da poesia, a serviço da sua geração – a geração de Lélia, de Ferreira Gullar, de Walmir Ayala, de Marly de Oliveira, Foed Castro Chamma, Jamir Firmino Pinto, mas também a de Augusto de Campos, Haroldo de Campos, Décio Pignatari, Ronaldo Azeredo e José Lino Grunewald, para citarmos apenas aqueles cujos nomes estiveram, direta ou indiretamente, ligados àquela página. Toda ela organizada por Mário Faustino, com o empenho didático a que subordinou sua função crítica, a página traduzia as exigências dessa mesma geração, defendendo, de acordo com o seu lema, "Repetir para aprender; criar para renovar", inspirado nos preceitos de Pound, a renovação do tradicional e a criação inovadora.

Retomada das formas tradicionais para renová-las, a repetição – o *make it new* poundiano – pondo à prova a competência do poeta para o exercício inovador de sua arte, foi o teste de aprendizagem por que passaram os poetas todos, inclusive Mário Faustino, dessa geração, que receberia do impacto da poesia cabralina, com *Duas águas* (1956), e da arrebentação poética da língua portuguesa em *Grande sertão: veredas* (1956), de Guimarães Rosa, altaneiros padrões da linguagem esteticamente eficaz por ela buscada, como atestado da criação inovadora. O revolucionário projeto concretista – o terceiro acontecimento daquele explosivo 1956 literário – tentou encontrá-la fora do verso.

O crítico de Poesia-experiência cobrava a eficácia estética da linguagem como dever do poeta, responsável pela vitalidade de sua língua. Quando se apossasse da tradição do verso, renovado pelas invenções verbais do presente, o poeta estaria capacitado a renovar sua língua, tornando-se apto, por essa dupla conquista, a contribuir para a renovação da sociedade. Critério pragmatista, de acordo, principalmente, com a concepção poundiana, a eficácia da linguagem, esteticamente alcançada no plano da criação, redobraria o poder comunicativo da língua, com a força de um apelo coletivo, fosse revolucionário, fosse utópico. O alcance estético da linguagem se conciliaria, desse modo, com uma ética da poesia, ou com uma deontologia poética, que Mário Faustino, num de seus "Diálogos de oficina", ampla discussão sobre o mundo e a experiência do poeta, bem como sobre os seus deveres, resumiu da seguinte forma: "que o primeiro dever do poeta é ser bom poeta, como a principal obrigação perante si mesmo e a sociedade, de um médico, de um motorista e de um lavrador, é serem bons profissionais, cada um em sua atividade. Já vimos também o mal que o poeta faz à sociedade e à língua quando ocupa, em maus poemas, o espaço a outrem devido, ou mistificando por algum tempo os seus leitores, através de uma poesia só aparentemente boa. Há, contudo, outros deveres do poeta, por nós também já aludidos, ainda que de passagem ou noutros contextos: o dever de retratar-se a si próprio, com fidelidade, através de sua poesia (que deve ser um documento humano fidedigno), o dever de expressar sua época, seu povo, e sua terra, com idêntica fidelidade (pois a poesia é também precioso documento histórico), o dever de agir sobre sua época e sua sociedade, através de uma poesia verdadeiramente participante, crítica e transformadora do mundo, o dever de comover, de deleitar e de ensinar, tudo num sentido profundo, e o dever, enfim, de contribuir para o progresso da língua em que escreve, tornando-a, em seus poemas, mais exata, mais flexível, mais ampla e mais inclusiva, mais eficiente, em suma: já que sem uma língua eficaz a sociedade nem funciona nem progride."

Porém, dentro do horizonte de expectativa não apenas estético mas também político da década de 50, o preceito da linguagem eficaz foi a *concordia discors* geracional, o ponto de atrito ou de conflito – fecundo em seus efeitos, como podemos ver hoje – da geração ascendente a que me refiro. A euforia liberal-progressista do período refletiu-se na atitude de comprometimento com o futuro que lhe insuflou o espírito de vanguarda: a consciência do desempenho de um encargo histórico. No entanto, os poetas jovens dessa geração – e é a eles que exclusivamente me reporto – divergiram na maneira de realizá-lo.

Para aqueles que interpretaram a vanguarda no estrito sentido de frente revolucionária política, a linguagem poética era instrumental: sua eficácia ficaria no mesmo plano de qualquer outro meio de mobilização ou, como se dizia na época, "de conscientização do povo". Para os poetas direta ou indiretamente ligados ao programa de Poesia-experiência, e também para os concretistas, que essa mesma página acolheu, o encargo histórico principiava com a renovação. Gerando "uma poesia verdadeiramente participante, crítica e transformadora do mundo", capaz de instrumentar a ação política, a eficácia da linguagem só poderia ocorrer quando elevada a um plano de autonomia estética.

Mas o projeto concretista de uma poesia visual, que demandava o abandono da tradição do verso, supostamente superado pela evolução das formas na sociedade tecno-industrial avançada, cindiu a comum expectativa estética de renovação; ao generalizado espírito de vanguarda, à consciência histórica do exercício de um papel renovador, contrapôs-se o vanguardismo programático, militando por um corte revolucionário com a tradição. Abandonando o verso, a linguagem poética eficaz uniria o verbal ao visual. A renovação poética, criadora, dependeria dessa revolução, que se atirava à preparação de uma arte do futuro. Tal lance tinha tanto de aposta quanto de previsão: o abandono do verso, já em crise, antecipava, em proveito da nova arte poética em germe nas condições tecnológicas da experiência social e da cultura, um processo de evolução. Por conseguinte, o ato de antecipação baseava-se na ideia do progresso, historicamente necessário, das formas artísticas, que levaria a esse resultado.

O concretismo era um acontecimento, "um *shake-up*" de que estava necessitando a poesia brasileira, disse Mário Faustino em memorável artigo de sua página, saudando esse "movimento de vanguarda sério e vivificante". Embora também aí advertisse que não tinha, como poeta, o menor interesse pessoal "na experiência tentada pelos seus colegas de São Paulo e pelo sr. Ferreira Gullar", o crítico de Poesia-experiência aproxima-se, no entanto, da posição deles, quando, num dos "Diálogos de oficina" anteriormente citados, definira a poesia, para além do verso, como a "criação (ou recriação, repetindo) de um objeto – ou de um conjunto de coisas, seres, ideias que, sob forma de palavras-realidades, se reúnem, através de todas as conotações possíveis, para formar um complexo, um objeto novo: o poema...". Além disso, admitiu que o verso, "padrão formal tradicional da poesia do Ocidente", estaria, no momento, em crise. Se relermos os Diálogos, constatamos que Mário também adotou o princípio do progresso das artes, admitindo, consequentemente o progresso da poesia que tornava Mallarmé e Pound, conforme escreveu em "A poesia concreta e o momento poético brasileiro", mais importantes do que Baudelaire e Eliot. Entretanto, apesar dessas afinidades todas, Mário Faustino não abandonou – como Lélia Coelho Frota também não abandonou – a tradição do verso, por ele enriquecida, segundo conselho que passou aos seus leitores, como os "novos campos de ação perceptivos e expressivos" possibilitados pelos procedimentos postos em curso por aquela corrente de vanguarda.

Mas, segundo ele, o verso em crise poderia ser revitalizado. E se assim pensou, exprimindo a posição de outros companheiros de geração que, interessados pelo concretismo, não embarcaram em sua "arca", foi porque duvidou da validade da lei do progresso aplicada à poesia. O desenvolvimento desta lhe parecia obedecer antes a um tempo circular. Se assim não fosse, como poderia Pound voltar a Homero, e a modernidade reabastecer-se na tradição, praticando o *make it new*? Enfim, o tempo circular religaria o concretismo "à corrente viva da nossa poesia". Aproveitando as técnicas espaciais no verso revigorado, Mário Faustino antecipou-se a essa religação efetuada nos dias de hoje. A conceituação de poesia por ele firmada, como criação ou recriação do objeto, sob forma de palavras que o nomeiam, doando-o aos homens, era bastante ampla para aplicar-se, como de fato se aplica, tanto às construções verbo-visuais dos concretos quanto aos poemas de *O homem e sua hora* e aos *Quinze poemas* de Lélia Coelho Frota. A obra poética do crítico e a da então estreante convergiriam logo na mesma fidelidade ao verso que ambos cultivaram.

Só tardiamente, porém, voltar-se-ia Lélia para a última poesia de Mário, posterior a *O homem e sua hora*, da qual recebeu o suprimento espaço-visual de seus versos mais recentes. A essa última afinidade, somou-se, como se verá, a que estabeleceria com Murilo Mendes, por ela reencontrado muito depois do inicial confronto com Carlos Drummond de Andrade. Em seu desenvolvimento ulterior a *Quinze poemas*, de *Alados idílios* a *Brio*, a obra da autora, sem prejuízo da sua deleitabilidade originária, também logrará criar *ut moveat*, para comover o leitor, coisa que Mário Faustino não pôde prever.

Depois de *Quinze poemas*, a nota de deleitação do divertimento poético, que persiste, de *Alados idílios* a *Caprichoso desacerto*, com a bravura de seus timbres e variações tonais, sob a dominância, em modo concertante, de uma tonalidade airosa, é inseparável da exploração das possibilidades léxicas da língua, quer pelo revigoramento das palavras desusadas, arcaicas, raras, de forte sedimentação histórico-literária entre trovadores, clássicos e românticos, quer pela criação extensiva de palavras possíveis, segundo o gênio do idioma. "Hoje é hoje/o dia/meu passaril./Hoje é hoje/a noite/meu passarote/sopre arietas/neste anafil/..." ("Alados idílios"). "Violinha sonantinho/para nosso pé dançar/..." ("Empecilho"). "Desce a noite, noitília/desde a noite/sobe a estrela/." ("Balança"). "...Verde encosta,/frio, frio, impossível/deixar de contemplá-la,/como a um rio/. (À paz da grande relva/que se ondula/me navio.)"/ ("Dois poemas para tuba"). "E ainda amor. No anfiremanso/a tepidez era alarmante./Pelo silêncio malvaemanso/vossa ternura, meu cansaço."/("Morte em amor Diniz") "...de quem me fugia/me rarefeitando/o ar..." ("Aliança").

Outros exemplos que se acrescentassem só fariam realçar o que há de prazeroso nessa vera exploração: a palavra degustada, saboreada, vista, ouvida, palpada, conduz, em grande parte, o estremecimento da alegria de criar a que se referiu Mário Faustino. De *Alados idílios* a *Caprichoso desacerto* (1965), ambos reunidos, com a adjunção de *Um cordeiro, uma pomba e uma fonte* e mais *Romance de Dom Beltrão* (1960) no volume *Poesia lembrada* (1971), é essa alegria de criar na deleitação da língua adentrada – perdurável alegria que provocará a posterior depuração da obra – um dos segredos das galas reais da linguagem, nessa primeira fase desembocando em versátil e melódico verso – melódico até o por vezes ornamental rococó de rimas em *im* ou das pausas acentuais em *u*, e versátil em sua variabilidade métrica e em seus frequentes *enjambements*. Mas a galanteria desses jogos de leveza é irônica, insinuante aparência, de um cauto lirismo diversionista, que obriga o sujeito a falar de si mesmo como de um outro – personagem lembrado, ser de memória vertido em humílimas coisas e palavras – e que, de quando em quando, como sucede nesse crucial "Ferire sidera", de *Caprichoso desacerto*, reverte o *airoso* tom dominante em *arioso* canto meditativo, *ut moveat*:

"Os objetos são cúmplices/ de minha integração/ feliz ou infeliz/ no mundo organizado: / lápis, faca, tecido/ tudo é claro e unido/ em torno de meu corpo/ esperando tranquilos/ a hora de escrever/ de cortar/ de cobrir./".

Nessa reversão para a tonalidade elegíaca, que se completará em *Menino deitado em Alfa*, a transação com a pintura – de Maria Leontina em particular – e com a gravura do Ocidente e do Oriente, com a arte popular brasileira, de modo especial a cerâmica – desempenha papel de primeira ordem. A imaginação plástica, visual e tátil, coadjuva a memória; "os objetos cúmplices" abrem-se a buril, na madeira, a canivete, nos "tacos do Nordeste", em água-forte nos Dürer, Cranach, Goya e Grassmann, enquanto a palavra, sensibilizada pelo não-verbal, replica ao visto com o imaginado, ao percebido com a interpretação do percebido: "Água-forte para/nos assimilarmos/às estremaduras/da existência frágil:/praticar o esporte/de esperar a morte.)" ("Maneira negra").

À graça, à galanteria, à leveza anteriores, junta-se, agora, a nota de gravidade, patética, trágica, que esses versos de "Maneira negra" denunciam. Gravidade e leveza confluem no estilo sacramental de "O menino e a cruz", quase um Auto da Paixão, que condensa o amável e popular cristianismo difuso em outros poemas dessa fase: do trágico "vale de lágrimas", voa a alma, alegre, "rumo ao grande sol que à direita/traz sorrindo nosso Menino/numa efusão diamantina/de trombetas, lírios e sinos/".

Como polos antitéticos que se unem por via de contraste, a gravidade, direcionando para o noturno, o tenebroso, o ctônico, e a leveza para o diurno, o luminoso, o aéreo e o estratosférico, marcariam, ao mesmo tempo que duas orientações, respectivamente descensional e ascensional, da imaginação material, com uma forte carga arquetípica que levará à vizinhança do mito, os eixos através dos quais se realizará, sem empobrecimento, – mas por um voto ético de pobreza no sentido de maior autenticidade – esse outro nome para a verdade da poesia – a autodepuração, patente na linguagem de *Menino deitado em Alfa*, de uma obra já muito rica.

Antes de "Maneira negra", "Orientação do morto" e "Aquerôntico", ainda de *Poesia lembrada*, isolavam o sombrio, como o outro lado, ínfero-noturno, da morte – "o adverso reverso do negrume" – na gravura e na palavra poética que a interpreta, propendendo a absorver a escatologia clássico-pagã implícita no título do último poema, como nas alusões aos "dióscuros" no primeiro e ao templo de Olímpia no segundo. Mas já nas duas primeiras composições elegíacas do livro de 1978 – a série "Ar da alma" – esse friso tanático é conservado no movimento ascensional que o pressupõe, e que liga o nascimento de uma criança, no poema título "Menino deitado em Alfa", à morte do poeta em "Ascensão de Murilo Mendes".

Parece-nos entrar em vigor nas duas excelentes elegias acima referidas, a par de outro andamento do verso, num largo movimento de andante, em adágio, sucedendo à bravura e ao divertimento, uma economia arquetípica das imagens: os quatro elementos (água, terra, fogo e ar), a distribuição astronômica do corpo ("Sua cabeça é um sol"), a qualidade sonora e vegetal da palavra criadora ("... em sua boca crepita a folhagem/ a flor do som"). Um tipo de reflexão musical sustenta, nas duas, estendendo-se às composições subsequentes, o embalo meditativo da linguagem (com rasgos murilianos e discretos espaçamentos e articulações em torno de palavras-eixo, lembrando os poemas de Mário Faustino que sintonizam com o visualismo concretista), agora num encontro-confronto com o poeta-maior homenageado. A folhagem, a flor do som, do miraculoso nascimento de Menino, asteróide e cometa, converte-se no abrigo aéreo, superior, do ígneo Murilo, "sob a árvore do céu".

Em direção contrária, de baixo para cima, do grave ao leve, a terceira elegia, "Em sinal de te abraçar", ostentando, numa imagem aparentemente ocasional, a romã de Perséfone, recapitula, no *dia de todos os mortos*, pela memória, – "nave espacial da lembrança" – a escatológica ascensão danteana "para a devastadora claridade". E na quarta elegia, pois que há uma pauta comum aos cinco poemas de "Ar da alma", a folhagem, a flor do som e o luminoso diamante da palavra poética alçam-se à grande rosácea, etérea e luminosa, do Paraíso de Dante – transferida à flor-gavota mozartiana de "Camélia-não-camélia", síntese dos dois movimentos, de ascensão e descensão, na segunda série do mesmo livro ("Alma & pétalas"): "Quem sabe ao ver-te/camélia/sob o eclipse ofuscante/ do teu sol lunar/aprenderemos um dia a inclinar-nos/pressurosos e exultantes, bambuzal sob o vento/ao toque que maculará/nosso tecido humano com a promessa da volta/para contigo revertermos difusamente à terra/em transfusão vegetal que nos conduza/ao radioso centro que gerou/teu incorruptível, efêmero ser flor".

Finalmente, a última composição, "Através do espelho", da primeira série ("Ar da alma"), voltando à meditação da pintura nos estandartes de Maria Leontina, retorna aos quatro elementos: "o fogo, a terra, a água, o ar/reunidos, num principiar". Essa espécie de descida ao elementar, que une a economia arquetípica das imagens à economia do verso numa forma condensada, de recorte epigramático, ora descritivo-coloquial, como em "Onze poemas portugueses", ora de "agudeza" e "ingênio", como nos *concetti* metafóricos do Ar, do Fogo, da Terra e da Água dos "Quatro poemas elementares", seria o momento culminante da "simplificação progressiva" da poesia de Lélia – antecipada aqui e ali em *Caprichoso desacerto* – que Alexandre Eulálio apontou no prefácio de *Veneza de vista e ouvido*: "Sem perda da riqueza de melodia e de conteúdo, e mesmo antes de *Menino deitado em Alfa*, a autora foi se desfazendo progressivamente de alçapões e túneis, passadiços e viadutos, labirintos e subterrâneos sabidíssimos, no sentido da desencantada fosforescência de seu verso de hoje". O verso de hoje a que se referiu Alexandre Eulálio é o dessa publicação de 1986. Mas a "desencantada fosforescência" que se pode encontrar nos versos de *Brio* frutificou daquela descida elementar, verdadeiro despojamento ascético em proveito de um enriquecimento não-cumulativo da linguagem, para capturá-la, "arriscado diamante", em "seu poder de silêncio/ e seu poder de palavra".

Esses quarenta e dois poemas, em geral breves, e brevíssimos, epigramáticos, como os "Quatorze andantes do Aterro", combinam a arquetipia com a epifania da imagem, a depuração do lirismo tentando inverter o compassado recolhimento da memória na perspectiva do corpo inteiro. O Aterro não é só da vista e do ouvido: cinge o alto e o baixo, ascensão e descensão, leveza e pesadume, sombra e luz, movimentos de voo e de andadura, sons e cores, música inaudível, como se os temas todos da poesia de Lélia – do amor à morte – se comprimissem, à custa do verso decantado, num só espaço urbano de afetiva eleição. A escatologia cristã reaparece em "Καῖρε" e a pagã no admirável "Perséfone", que aprofunda o veio mítico da imagem pelo uso da palavra substantiva, nomeadora. Nos demais poemas, o leitor atento deparará, ora separados, ora unidos, os dois tons, o airoso e o arioso, o toque prazenteiro do divertimento e a nota emocional, elegíaca.

Assim, o título desse livro confere mais com o sentido etimológico de vivacidade e força do que com o significado corrente de garbo e galhardia da palavra: *Brio* é a suma e o sumo de uma obra que continuou crescendo, fiel à vocação, sob a qual nasceu, de renovar o tradicional e de criar inovando.

Benedito Nunes

Seu coração continuava a bater
e tinha o som surdo de alguém descalço.

Cornélio Pena

Ao Zé,
que me fez dar corpo
a este livro
A Ivan,
que lhe abriu
o caminho
Ao Carlos,
alma russa do Leme,
amigo único
A Maria Leontina,
sempre

Brio

ARRISCADO DIAMANTE

Passeante
com a roupa do corpo
o corpo presente
uma letra verde

QUATORZE ANDANTES DO ATERRO

1.

A vida te abraça,
docecurva, lentoverde aterro.

2.

Recomeços

Da paisagem, o tempo
não pode esperar.
Força é deixar
a cadeira imóvel da rodagem.

3.

Janeiro

Vão voando as rodas de relógio das bicicletas.
Os penhascos tomam conta da baía antiga.

4.

Olho a morte. Gaze,
descida do Corcovado
no seu demorado
ponto mais alto.
Quando, quando o dia do acróbata, travessia
sem agenda, súbita,
a tentar o pouso no terceiro céu:
o de Vênus. (O daqueles
que de amoroso impulso se moveram.)

5.

Entre a nuvem de vapor
écharpe-esponja estendida do Cara de Cão à ilha
e a opalina suja dos plásticos
eu passo.

Digo ao corpo que sim
ando com as pernas
e escuto os pássaros que tem.

6.

Onde estão a música, o baile?
(Reaprender o amor da vida em Braille.)

Pensamento, sofrimento.

O vento passa entre os coqueiros.
O pássaro se pendura do beijo pelo bico
na flor amarela.

Inebriante brio. Amor com brio.

Nesta curva. Nesta curta. Neste curta.
Poder andar com as pernas
passos firmes, leves, despedidos.
Viver cada minuto assim,
levando o copo na mão
sem derramar uma gota da água mineral.

7.

Não à pétala prensada

Denso pubescente, o amor
(pensado espírito da flor)
é conhecer, querer o ver
– minuto por minuto –
deliberadamente da alma,
o corpo denso.

8.

Barragem

Quase nos reconhecemos:
foi rápido como dois espelhos que nos olhássemos

9.

Assim

Com as pernas
À maneira de trânsito
À maneira das pedras
Cresce devagar
Soletrando
Como quem ama

10.

Theatro Municipal, visto do MAM

O cravo e o violino
ácidos como champanhe.
Vem,
outono.

11.

Búzio

Búzio,
farfalha no ouvido
a flor do hibisco.

Cai a sombra da noite, greve cinza.

Os cabelos te impelem pelo vento.
Com o corpo abres o ar que te recebe:
sem qualquer endereço continuas
pela biblioteca das folhas que escurecem.

12.

Catábase

Quem não queria o rastro
de sangue.
Vai, vento, vira
a página do livro.

13.

Os riscos do tempo

No teatro das pedras
sobre as ondas
os namorados se equilibram
na ponta do coração,
que balança

14.

Primavera

Sair
na chuva
para a betaterapia das árvores da noite

A Pétala Trincada

E os saltos já não podem mais traçar
O mito que exercemos, a parábola.

Mário Faustino

RUA LARGA

Para o João

Os automóveis dançam a quadrilha das praças.
Que rumo tomar, coração disperso das avenidas?

BARRA DO RIO SÃO JOÃO

O capim à deriva cresce alto.
Lagartos escutam com piscar de lince.

Portas azuis sempre fechadas.
Janelas bem menos tranquilas.

Abrir para o corte do rio,
câmera lenta.

O rio da noite,
não o rio de dia.

Não o rio da fábrica
intrusa na trama do mangue.

O rio da noite, que ferve,
ao lado da rua do dia, vazia.

O rio da noite,
molhado de folhas, lontras, peixes.
O rio da jiboia, flutuante joia.
Lua ausente.

Mordedura do que ágil
se consente.

ESTAÇÃO ATENAS

Lençóis voando no leito dos trens
em direção ao tálamo
ensanguentado.

Confrangidas
as musas a tudo assistiam.

Amor, sim. Mas
de outra forma haviam os deuses
determinado.

SUB ROSA

Antonio
que ofereceu violetas no cabo Sunion
à virgem da véspera
diante do templo de Poseidon
não ficará insepulto.

DIAL

Diante
como dois olhos.

Diante
como as portas do sim
e do não.

Diante
como a lua
e o sol
no céu estendido.

Diante
como o corpo do amor:
céu estendido.

Diante
como o último instante.

Difícil
(é preciso)

olhar
o diamante
diante.

ÉDEN

A figura da santa
é de louça, louçã.
não sabe o que foi ontem
nem o que é amanhã.

NESTA CURVA

Profundo, o reconhecido
amor
esse vai, entre áugures, cônsules, basileus,
no seu terno de élitro
digitando a memória de mármore
que gravará a firmeza dos seus pés
a dobrar corredores
de luz branca, nordeste,
palácio dos adeuses.

TODA MULHER FATAL

Toda mulher fatal é cândida
(Cozinha o sonho de pedra
da mãe colossal que a reclama).

Nuinha-eva entre pedras
entrepernas
se molha na água da vida,
beira-mar,
acha graça,
ri.

Brinca com os mariscos que juntou
acha conchas de Vênus
se espanta de estar tão sozinha
sempre nascendo das espumas.
Chora.

É ter dó dela
que só espera pela libertação
da grande lápide lilás
da água alta do homem
sol perto
que fará descer
                com misericórdia
a pálpebra, a pétala.

VARIAÇÕES MODAIS EM TORNO DA PALAVRA ADEUS

1.

À espera do anjo anunciador

Os livros que nunca são abertos.
O brilho do sol na cadeira de vime.
O silêncio do ruído do ventilador.

2.

A eternidade,
vida inoxidável.

3.

E a roseira, promessa
recorrente da rosa
descartável.

ARIADNE: MANHÃS EM SANTA TERESA

A José Geraldo Nogueira Moutinho

O silvo do avião abre a manhã toda manhã.
O desprendimento súbito me aspira.
Abolidos a máquina, o lucro, o ar contaminado,
fruo a viagem de Ariadne
coroada de música, de machs,
abraçada a Dioníso, o arioso.

As mãos conhecendo a fruta proibida
o trânsito entre o presente e o além-mar.

Dante está certo. É pelo ar
que subiremos para a eternidade.

UMA DOR

1.

O vento soprava árvores da esquerda.
Ao fundo, o menino tocava o violão
preso no ombro, como um pequeno navio adernado.
Uma dor
no mundo
rachava tudo fino e longe,
cinema mudo.

2.

Acordar é fechar as pálpebras.
Nossos olhos só escrevem
por cima, muito por cima.
E quando abrimos as janelas
é só o vento que está ali.

Existe uma dor
        solta no mundo
E eu quero deixar meu emprego, meus cabelos,
        minha família
para ir atrás dela
                        bicho com fome.

PERSÉFONE

Esfoliante
Espessante
Tamponante
Esfolante
Mênstruo
Mônstruo
Plutão tigra
Tinge o linho de sangue
Precipita
Funda a treva
na força
do abraço áscuo, trifásico.

A rubra romã
entreabre,
morde:
a lua ruiva comigo fulva.

A língua do deus, anti-íntima
perfura a membrana da fuga
abre a mão que retinha
o segredo, grão da sua fome.
Ensina,
tira. Fala.

E no corpo da presa acende
a grande anêmona vermelha.

A pele se veste de papoulas,
dá. O verde rompe da boca, erva, sobe pela terra.

Saber
dizer meu nome devo
àquele que a poder de cavalos,
de rodas, de rapto, de abismo
da casa materna me arrastou
menina, ninfa, para o Tártaro
quando eu, distraída, corria para colher o asfódelo e o
[jacinto.

Dois Até Breves

A poesia é pobreza.
E o amor sobe para o espaço
sem ajuda.

Murilo Mendes

MARIA LEONTINA: PASSAGEM

Barcos vistos da janela entre Lisboa e o Porto,
canoa azul sob a fronde.
Rio calmo,
estrangeiro.
Céu riscado de pardais,
muros, tijolos de Vermeer.
Silvo do trem,
montes de erva cortada.
A roupa seca nos varais,
respirando.

Fábricas, chama acesa no sol,
e os pinheiros passando quietos.

A vidraça entre a vida e a morte:
o jornal, a notícia, o estilhaço.

A cabeça aberta,
estrela explodida no vazio.

O estrépito das cortinas voando pelas janelas das casas.

Espinho – o mar –
no ponto extremo do coração.

Καῖρε

A Walmir

Entrou
no hiperespaço
Alto de onda
armou o salto.

Já não cabia
em camisa, carro, lençol, sala nem quarto.

Fiel
à misericórdia
do jantar, da ópera, da mão escrevendo, de Cristo.

Emparedado por dentro
já não cabia no isto.

Fora, fora do filme
onde a vida
tentação estoica
pinga a conta-gotas do relógio.

Acelerava todo dia
as quatro pontes do corção
longe, longe do esbarro
que o rosto amado faz e desfaz ali
perto-da-pétala, onde respira.

Sem querer, viveu-se,
derramou-se do sangue. Preferiu
a estrela-guia do menino à sua frente
surfando entre baleias, alegria.

Veneza de Vista e Ouvido

Para Alexandre Eulálio
e Luciana Stegagno-Picchio

Duas palavras: vista, ouvido. Espelho contra espelho.

A colisão entre a barcaça ilustre – encalhada na Laguna entre as riscas submersas de bancos de areia, partitura em aberto – e o abandono aceso do viajante. Do viajante escolarizado/escolado na aprendizagem das pedras gastas.

Marulho sutil, cor exaltada. O risco inquieto dos reflexos.

Veneza colide em segredo com o sorriso incrédulo do recém-chegado. Imersa na névoa. Ardendo na canícula. Desfazendo-se numa poeira de vidro que ofusca, alumbra, cega. Ou então superfície que se esbate, evaporando em surdina. Já não é mais líquida, ainda não é nuvem. Um instante envolta – licenciosamente – nas bastas barbas ensopadas do Tempo. Para saltar de novo, urgente, toda nua, ao presente total da luz. Luz exaltada pela água, tecendo teia impalpável de uma outra túnica sem alinhavo que tudo envolve, veste. Nessa quietude tudo é secreto movimento. O Tempo (escanhoado para a presente ocasião) toma agora um aperitivo *in piazza*, diante de um exército de pombas que executa sábias manobras militares no lajedo. Diante de San Marco o gonfalone da Sereníssima tatala preguiçosamente no mastro, abafando os rugidos que o Leão heráldico da finada República ainda gostaria de ensaiar, mesmo reduzido a duas dimensões na bandeira.

Calle, canal. A carnadura esplêndida dos tijolos. Mármore, mêmore. Madeira encharcada. Ouro, esmalte, azinhavre. Altane, campanários. Telhas verdolengas e antenas de televisão. Silenciando tudo, a fala brônzea da Marangona. A voz menos alta dos outros sinos falando veneziano, suavemente. Sândalos, gôndolas. O ploc ploc ploc da água que nos acompanha nas fondamente. Centopeias encadeadas de rumores dessas águas. As botas de borracha na água-alta. Os retábulos dos Mestres na penumbra. Missa grande na Basílica.

Do mundo veneziano Lélia Coelho Frota recolheu aqui apenas as mais raras tesselas de um mosaico infindável. Dedicados a Maria Leontina – senhora dona do fluir, dos panejamentos da cor e da luz, dos canais e *calles* de pálios e estandartes, cujas folgas dobras gestos mossas ela reinventaria com um toque lírico exaltado mas todo discrição –, estes poemas buscam antes o registo do fluxo, imóvel e vertiginoso ao mesmo tempo de música e pintura: artes que de algum modo cifram/decifram a errância exemplar, a irrealidade palpável, a fuga perene, o milagre ininterrupto da cidade da Laguna. No despojamento da sua escrita de agora Lélia visou as transparências cromáticas, a movimentação concertante, que lucilam, ora cristalizadas ora mortiças, seja na assimetria milimetrada da pintura de Jacopo Robusti, o tintureiro prodigioso, seja nos ritmos escandidos em que a limpidez lírica e a euforia vitalista de Antonio Vivaldi não excluem a complexidade da fantasia imprevisível dele. O observar plural, lugar da expectativa, e a inevitável escolha da singularidade dos mundos convulsionados, oscilantes, de Tintoretto e Vivaldi, são complementados pelas cadências soturnas, alguma vez mesmo gravemente carontianas, de Johann Sebastian Bach – o qual, nas partituras desse outro Antonio veneziano, estudou a plasticidade nova de grandes formas instrumentais.

Entre barcos e pontes de três arcos, hortos conclusos e jardins de nuvens, dédalos de *campielli* e *salizade*, passando por debaixo de muito *sotoportego*, Lélia Coelho Frota tratou de recuperar as estruturas harmônicas do transeunte tempo-espaço veneziano: as mãos "vertiginosas" que na tela ou no pentagrama se assentaram superlativas, febris dentro da serenidade, aí instaurando, na rede do fluir, a clara vênus da criatividade. O texto dos poemas, que traem curiosos acentos murilianos nos últimos deles, é sempre de grande transparência. As composições se sucedem como variações sonoras e visuais e ao mesmo tempo possuem certa qualidade aérea, delicada suspensão do dizer e do expressar, que lhes permite configurarem-se um instante em progressões seriais abertas, antes de outra vez pousarem, poeira finíssima e apaziguada, sobre a página e o leitor.

Os dois espelhos da vista e do ouvido que conduziram o poeta nesta excursão "pela nudez maior da claridade", colocados um diante do outro, permitiriam a vertigem dessa identificação do puro inventar, situado entre tecedura e tessitura. E a silenciosa epifania de contemplação e escuta abre ao poeta a notícia mansa de que além da cidade e da Laguna existe o outro grande mar além do ser.

A versão italiana que Luciana Stegagno-Picchio executou desses textos, mais do que apenas literal, consegue recriar desde dentro, na língua de Montale, a atmosfera camerística desta sequência. Em *La letteratura Brasiliana I*, impressionante golpe de vista crítico e interpretativo sobre quatro séculos e meio da nossa cultura, publicado em 1973, a autora alude aos primeiros livros de Lélia. Trata-se de *Quinze poemas*, *Alados idílios*, *Caprichoso desacerto*, obras extremamente complexas na fatura e nas intenções de politonalidade, de um sardônico lirismo em que a constante vontade de absoluto preciosismo era doridamente glosada. Luciana Stegagno-Picchio chamara-a de "Edith Sitwell adolescente". Pensava por certo no singular fôlego poético, nas elaboradas superposições de sons e sentidos, no discurso personalíssimo, multiveiado de humor e páthos que a grande dama da poesia inglesa desenvolvera desde *Façade* até *Street Songs* e depois; parentesco ressumando desde o título de composições como "*Trio for cats and a trombone*", "*Green flows the river Lethes*", "*Sailor, what is the Isles?*" A evolução de Lélia deu-se no entanto no sentido de uma simplificação progressiva que difere do itinerário de Dame Edith. Sem perda da riqueza de melodia e de conteúdo, e mesmo antes de *Menino deitado em Alfa*, a autora foi-se desfazendo progressivamente de alçapões e túneis, passadiços e viadutos, labirintos e subterrâneos sabidíssimos, no sentido da desencantada fosforecência do seu verso hoje. Por sua vez, passando de leitora muito atenta a tradutora-sismógrafa, Luciana Picchio confirma, para quem ainda não o sabia, a pluralidade do talento da personalidade dela, em quem erudição e sabedoria, inventividade e diligência, generosidade intelectual e capacidade crítica se fundem num contínuo altíssimo de que muito ainda vai se beneficiar o mundo que fala português. As vinhetas de Maria Leontina recolhidas neste volume, cujo projeto gráfico Cecília Jucá e Gastão de Holanda realizaram com o apuro que caracteriza o trabalho deles*, traçam ludicamente uma teia que pontua o volume e recupera sem lágrimas as duas palavras que comandam estes poemas venezianos de Lélia Coelho Frota: vista ouvido.

Alexandre Eulálio

* Referência à edição original de *Veneza de vista e ouvido*, publicada pela editora Belo Belo, em 1986. N.do e.

A Vista

TINTORETTO, SCUOLA GRANDE DI SAN ROCCO

1.

Santa Maria Madalena
irradiante,
lê, junto à grande árvore cantante.
O torso vegetal, atlante,
expectativa do humano,
move raízes nos espelhos ovais.
A natureza se expande,
a santa lê.

Faz parte da folhagem do tempo.

2.

Santa Maria Madalena
beira d'água.
Olha para onde, livro lido,
a sua face redonda de mocinha?
Corre o riozinho
sob a grande palmeira.
Maria Madalena,
pequena efígie lunar
na massa crepuscular do Tintoretto.

(Mas as árvores ainda nos escondem
o que a santa, extasiada, vê.)

3.

Com messir Tintoretto
os céus descem a nosso olhar horizontal.
Não foi preciso o salto intergaláctico
para entrarmos de chofre no Paraíso.
Com tela, tintas e linhaça
caímos e subimos altíssimo
onde nos precipitam
vertiginosamente
as suas mãos cruzadas
no autorretrato de grande olhar ardente.

4.

Os anjos a cavalo sobre as nuvens,
as nuvens centáureas, hemihumanas,
tintureiros, bispos, pescadores,
pecadores,
sacudidos voamos violentos
pela ressurreição da carne.

O ARQUITETO DE INTERIORES

Seu rosto já acompanhava em San Marco
as procissões que Gentile Bellini
mostra contornando a catedral brilhante
puxada por cavalos, como o carro do sol.

Hoje ele considera absorto o vidro, o tijolo, a madeira,
e desenha o objeto novíssimo que fará dormir,
guardar, comer,
com simplicidade antiga, o corpo do homem:
a cama, a mesa, o armário do pão.

Vê brincar as filhas, pensa
nos direitos dos operários,
ouve Mozart e Vivaldi na velocidade do carro
que o leva a Údine, a Trieste, a Florença
pela solidão das estradas do Veneto.

O Ouvido

VIVALDI

1.

I Solisti Veneti na Igreja dos Frari

Não são os violinos, a viola d'amore
o alaúde, o oboé, a flauta
que tocam.

Com arcos propiciatórios, caixas brilhantes,
ondeadas de cordas,
metais reluzentes,
ritualmente os músicos dão início a um gestual
[silencioso
que faz descer da cúpula do nada
o som, aterrisando nas arcadas.

2.

No concerto em dó maior para a Santíssima Assunção
de Maria Virgem
a flauta é um pássaro áptero
a internar-se
a abrir caminho para o coração
da floresta orquestra.

3.

O solo do violino aflora
o rosto da Virgem, folha desenhando o vitral.
Vivaldi dá forma e entendimento
à sua cidade de Veneza
onde neste precisíssimo momento
passar pela Chiesa della Fava
pelo arco da ponte do seu som
é saber enfim como ele amava
cimentar o real, surto do nada.

4.

Em Vivaldi
é verão
Não há outra estação.
Cornucópia de frutos, som maduro,
vinhas sufragadas de vermelho,
denso veludo, perfume veronese,
corpo a precipitar-se para o enlace,
a ruptura,
a fuga, a tempestade.
Ventos de Vivaldi
panejamentos de coro
colunas torsas das violas
cinzeladura das flautas.
De olhos bem abertos o escutamos:
o pneuma de Vivaldi
cria concreto.
Sopra onde antes havia
a vã decoração renascentista.
Prestidigita do nada
pombas, mármore.
Lajedos branco-e-preto
fazem-se de acordes.
Convocadas pelo escritório do absurdo
surgem ali as pessoas
imersas no som líquido
como se acordadas de uma desordem precedente.

BACH

1.

Barqueiro
a atravessar-nos
o canal grande, o mar
maior.
Este trajeto
para João é um acorde,
(nossa vida na terra)
remo dócil na passagem da água.

2.

João Sebastião
é cruzamento da linha.
Adeus verões, perfil humano,
monumentos, élitros, verdores.
A dinamite do concreto
aqui se realiza.
Bach pulveriza
todo contato terra.
Polifonicamente o órgão mói
todo humano cuidado:
aquilo que exulta e aquilo que dói.
Cuidado!
Sob o sopro ardente do arcanjo
deixamos sem reticência o qualquer pó
para a nudez maior da claridade.

ESCOLHA

il naufragar m'è dolce in questo mare,

Leopardi

Abrir ou fechar os olhos
para a música?
No escuro é mais táctil
o seu rosto abstratíssimo.

Com o Braille do invisível
é doce
mergulhar na sua água
aérea.

Posfácio

IMPROVISO PARA LÉLIA

Tudo o que sua mão escreve
e encontra
(e é tanto)
nasce, cresce, tão verde
sobre a terra
na orla do ar
onde suas palavras
plantas
em todos os canteiros,
na beirada da primavera,
nesta noite, em setembro de 1977,
quando te leio
eu descubro
palmo a palmo
página a página
o enleio
a natureza viva
que desenrola
deslumbrada
o poema, a poesia
folha por folha
deste corpo de papel.

Armando Freitas Filho

Bibliografia

LIVROS DE POESIA PUBLICADOS POR LÉLIA COELHO FROTA

- *Quinze poemas*. Capa e ilustrações de Milton Dacosta. Rio de Janeiro: Pongetti, 1956.

- *Alados idílios*. Capa de Maria Leontina. São Paulo: A Gazeta, 1958.
    - 1° Prêmio no IV Concurso de Poesia do jornal *A Gazeta*

- *Romance de Dom Beltrão*. Ilustrações de Adão Pinheiro. Recife: L. Brites, 1960. [Gráfico Amador]

- *Caprichoso desacerto*. Retrato de Maria Leontina. Rio de Janeiro: Livros de Portugal, 1965.

- *Poesia lembrada*. Orelha e nota de Henriqueta Lisboa e poema de Cecília Meireles. Retrato de capa de Maria Leontina. Rio de Janeiro: José Olympio/Instituto Nacional do Livro-MEC, 1971.

- *Menino deitado em Alfa*. Prefácio de Otto Lara Resende e orelha de Luiz Paulo Horta. Retrato de Maria Leontina. São Paulo: Quíron, 1978.
    - Prêmio Jabuti de Poesia, da Câmara Brasileira do Livro
    - Prêmio Olavo Bilac, da Academia Brasileira de Letras

- *Veneza de vista e ouvido*. Prefácio de Alexandre Eulálio. Versão para o italiano de Luciana Stegagno-Picchio. Ilustrações de Maria Leontina. Rio de Janeiro: Belo Belo, 1986.

- *Brio*. Prefácio de Benedito Nunes. Ilustrações de Maria Leontina. Rio de Janeiro: Sette Letras, 1996.

- *Fruits*. Ilustrações de Béa Jomelli-Robert. La Rochelle: Les Arêtes, 2008.

PARTICIPAÇÃO EM COLETÂNEAS DE POESIA

- *A novíssima poesia brasileira*. Organização de Walmir Ayala. Rio de Janeiro: Cadernos Brasileiros, 1962.

- *Antologia dos poetas brasileiros – fase moderna: depois do modernismo*. Organização de Manuel Bandeira e Walmir Ayala. Rio de Janeiro: Ediouro, 1967. 2ª Ed. Rio de Janeiro: Nova Fronteira, 1996.

- *Antologia da nova poesia brasileira.* Organização de Fernando Ferreira de Loanda. Rio de Janeiro: Orfeu, 1970.
- *Antologia da poesia brasileira contemporânea.* Organização de Carlos Nejar. Lisboa: Imprensa Nacional/Casa da Moeda, 1986.
- *Sincretismo: a poesia da geração 60.* Organização de Pedro Lyra. Rio de Janeiro: Topbooks/Fundação Rio Arte. Fortaleza: Fundação Cultural, 1995.
- *Poeti brasiliani contemporanei.* Organização de Silvio Castro. Veneza: Centro Internazionale Della Grafica de Venezia, 1997.
- *41 poetas do Rio.* Organização de Moacyr Félix. Rio de Janeiro: Funarte, 1998.
- *Os cem melhores poetas brasileiros do século.* Organização de José Nêumanne Pinto. São Paulo: Geração Editorial, 2001.
- *Puentes/Pontes: poesia argentina y brasileña contemporânea.* Edição bilíngüe. Seleção e ensaios de Jorge Monteleone e Heloísa Buarque de Hollanda. Cidade do México: Fondo de Cultura Económica, 2003.
- *Boa companhia: poesia.* São Paulo: Companhia das Letras, 2003.
- *Roteiro da poesia brasileira: anos 50.* São Paulo: Global, 2007.

LIVROS SOBRE ARTE

- *Mitopoética de 9 artistas brasileiros: vida, verdade e obra.* Apresentação de Clarival do Prado Valladares. Fotografias de Pedro Oswaldo Cruz. São Paulo: Secretaria de Cultura, Ciência e Tecnologia do Estado de São Paulo, Secretaria Municipal de São Paulo e Christiani-Nielsen Engenharia, 1975. 2ª Ed. Rio de Janeiro: Funarte, 1978.
- *Ataíde.* Fotos de Pedro de Moraes. Rio de Janeiro: Nova Fronteira, 1982.
- *Arte do povo.* Texto de Lélia Coelho Frota; fotos de Cafi; acervo de Ja[c]ques Van de Beuque. Brasília: Senado Federal, 1985.
- *Mestre Vitalino.* Série Monografias. Recife: Massangana, Fundação Joaquim Nabuco, 1986. 2ª Ed. São Paulo: Editoração Publicações e Comunicação, 1988.

- *Brasil: arte popular hoje.* Rio de Janeiro: Editoração Publicações e Comunicação, 1987.

- *Roberto Burle Marx: uma poética da modernidade.* (Em parceria com Gastão de Holanda, Jacques Leenhardt e Bernd Krüger.) Fotografias de Haruyoshi Ono. Belo Horizonte: Grupo Itaminas/Secretaria de Estado da Cultura de Minas Gerais, 1989.

- *Alcides Rocha Miranda*: caminho de um arquiteto. Coordenação de Ana Luísa Dias Leite. Ilustrado. Rio de Janeiro: Editora da UFRJ, 1993.

- *Tiradentes: retrato de uma cidade/ Tiradentes: Portrait of a Town.* Prefácio de Francisco Iglésias. Fotografias de Pedro Oswaldo Cruz. Rio de Janeiro/ Tiradentes: Campos Gerais/Fundação Rodrigo Mello Franco de Andrade, 1993. 2ª Ed. Rio de Janeiro: Bem-Te-Vi Produções Literárias, 2005.

- *Burle Marx, Landschaftsgestaltung in Brasilien / Burle Marx, landscape design in Brazil.* Brasil – Confluência de Culturas, tema da 46ª Feira de Frankfurt. Série Brasiliana de Frankfurt. São Paulo: Câmara Brasileira do Livro, 1994.

- *Bahia - Rio São Francisco, Recôncavo e Salvador: fotografias de Marcel Gautherot.* Rio de Janeiro: Nova Fronteira, 1995.

- *Guignard: arte, vida.* Rio de Janeiro: Campos Gerais, 1997.

- *Roberto Burle Marx: landscapes reflected.* (Em parceria com William Howard Adams, Anita de la Rosa de Berrizbeitia, Silvio Soares Macedo e Rossana Vaccarino.) Princeton Architectural Press/Harvard University Graduate School of Design, 2000.

- *Pequeno dicionário da arte do povo brasileiro, século XX* . Rio de Janeiro: Aeroplano, 2005.

- *Maria Leontina: pintura sussurro.* (Em parceria com Paulo Venancio Filho, Walmir Ayala e Ferreira Gullar.) São Paulo: Arauco, 2008.

- *Roberto Burle Marx : uma experiência estética : paisagismo e pintura / Roberto Burle Marx : an aesthetic experience : landscape architecture and painting.* (Em parceria com Lauro Cavalcanti, Regina Zappa e Haruyoshi Ono.) Fotografias de Cesar Barreto, tradução de Alexandra de Vries. Rio de Janeiro: 19 Design & Editora, 2009.

Índice

ALADOS IDÍLIOS | 87

II

© **Bem-Te-Vi Produções Literárias**
Estrada da Gávea, 712, sala 502 – São Conrado
Rio de Janeiro – RJ
CEP 22610-002
e-mail: bem-te-vi@bem-te-vi.net
www.editorabemtevi.com.br

Editora responsável
Vivi Nabuco

Editor executivo
Sebastião Lacerda

Assessor especial
Fernando Pedreira

Texto
© Lélia Coelho Frota

Textos críticos
© Heloísa Buarque de Hollanda
© Henriqueta Lisboa
© Luiz Paulo Horta
© Otto Lara Resende
© Benedito Nunes
© Alexandre Eulálio
© Armando Freitas Filho

Retrato de Lélia Coelho Frota
© Maria Leontina

Revisão
Ângela Pessôa

Bibliografia
André Seffrin

***Design* gráfico, capa e diagramação**
Lúcia Nemer e Martuse Fornaciari

Coordenadora de projetos
Liana Pérola Schipper

Produção gráfica
Marcello Braga Machado

Apoio à produção
Pêtty Azeredo

Assessoria jurídica
Manoel Nabuco

Conselho Consultivo
Ana Arruda Callado
Anna Letycia
Armando Freitas Filho
Cláudio Mello e Souza, *in memoriam*
Gilberto Velho, *in memoriam*
Luiz Paulo Horta
Marco Lucchesi
Mário Carneiro, *in memoriam*
Moacir Werneck de Castro, *in memoriam*
Ricardo Cravo Albin
Sérgio Augusto
Sérgio Rodrigues
Silviano Santiago
Vera Pedrosa

F961p

Frota, Lélia Coelho, 1937 - 2010
Poesia Reunida : 1956 - 2006 / Lélia Coelho Frota. - 1.ed. - Rio de Janeiro : Bem-Te-Vi, 2012.
528p.

ISBN 978-85-88747-42-5

1. Frota, Lélia Coelho, 1937-. 2. Poesia brasileira. I. Título.

12-5312. CDD: 869.91
CDU: 821.134.3(81)-1

25.07.12 06.08.12
037691

Esta edição segue o Acordo Ortográfico da Língua Portuguesa em vigor desde 2009.
Foi feito o Depósito Legal junto à Fundação Biblioteca Nacional.

Este livro foi composto na fonte Garamond e impresso no papel Polen Bold 90g pela RR Donnelley para a Bem-Te-Vi Produções Literárias, em dezembro de 2012.